蜘蛛《くも》ですが、なにか？ 14

Kumo desuga, nanika? 14

著：馬場翁 okina baba

イラスト：輝竜司 tsukasa kiryu

カドカワBOOKS

口絵・本文イラスト
輝竜司

装丁
伸童舎

contents

王1　名前すらなかった王

一日のすべてはベッドの上。

ベッドから起き上がることはない。

何本もの管に繋《つな》がれ、そこから供給される栄養剤で生かされているだけの存在。

生きている意味を見出《みいだ》せない、ただそこにいるだけの実験動物。

それが私だった。

けれど……。

「初めまして。私はサリエルです。あなたのお名前は？」

その人は私に手を差し伸べてくれた。

「ぁ……りえる？」

「アリエル？　奇遇ですね。私とそっくりな名前です」

私はその人の名前を反芻《はんすう》しただけだったのだけれど、声がかすれていたせいで聞き間違えられてしまった。

そんな些細《ささい》な理由で、私の名前は決まった。

でも、それでよかった。

誰《だれ》あろうあの人がつけてくれた名前だったのだから。

1　決戦前

遠目に見えるのは広大な森。

ガラム大森林。

大、という言葉がつく通り、その森はメチャクチャ広い。

遠目にも肉眼で左右見渡す限り森が広がってる。

帝国軍に偽装した我々魔族軍はそのガラム大森林に向けて進軍中でーす。

正確にはそのガラム大森林の中にあるエルフの里に向けて、だ。

なにかと因縁のある相手、ポティマスと決着をつけるべく。

すでにガラム大森林の外縁には夏目《なつめ》くん率いる帝国軍が到着していて、現在は軍が通れるように森を切り開いている真っ最中。

夏目くんは私の手によってナニカサレタヨウダ状態で、こちらの言う通りに動いてくれる。

そしてその夏目くんの七大罪スキル色欲によって、帝国の上層部もまた洗脳されて夏目くんの言いなり。

それで夏目くんが帝国軍を率いてここまでやってきたわけだけど、それに乗っかる形で私たち魔族軍も帝国軍に偽装してやってきたわけだ。

魔族も見た目は人族と変わりないからねー。

帝国軍の格好をして堂々と進軍してりゃ、意外とばれないもんよ。

まあ、一番ばれちゃ困る相手であるところの、人族代表である神言教は事前に打ち合わせをして口裏を合わせてもらってるから、問題ない。

神言教にとってもエルフは何とかして消し去りたい不倶戴天《ふぐたいてん》の敵だからねー。

神言教としても魔族とエルフがつぶしあってくれる状況は願ってもないこと。

人族の守りの要《かなめ》である帝国軍を使われちゃうのは面白くないだろうけど、それを差し引いてもエルフを、というかその長であるポティマスを潰《つぶ》す意義は大きいと判断したってわけね。

だから今回の戦いで神言教が敵に回ることはない。

完全な味方というわけでもないけど、一時休戦で一時共闘関係。

敵の敵は味方状態だね。

そういうわけで後顧の憂いなく、私たちはポティマス相手に全力を尽くせる。

長年の因縁についに決着をつける時が来たのだ。

……なのだけど。

そんな大一番の前の私たちの空気はと言えば、微妙に弛緩《しかん》していた。

「ふおおおー」

「ここか？　ここがええのか？」

馬車ならぬ蜘蛛《くも》車の中、私の嬌声《きょうせい》が響き渡り、魔王が容赦なく弱点を攻める楽しげな声がそれに続く。

あらかじめ言っておくけど、エロイことしてるわけじゃないよ！

マッサージだよ！

マッサージ（意味深）とかそういうのじゃなくて、ちゃんとした健全な普通のマッサージだよ！

断じてエロイことではない！

断じてエロイことではない！

大事なことなので二回！

ここまで舞台を整えるのに私はメチャクチャ頑張ってブラックな働きをしたわけですよ。

その労いというかなんというかで、魔王様直々のマッサージを受けているわけですよ。

これがね、すごく気持ちいいのですわ。

「あはぁー」

的確にこっちの気持ちいいツボを刺激してくる魔王の手腕に、思わず声も漏れるってもんですよ。

魔王ってこう見えていろいろと多才なんだよね。

料理もできるし。

長生きしてるだけあっておばあちゃんの知恵袋的にいろいろと身に着けてるんだよなー。

「てい！」

「っぐ⁉」

「誰が無駄に年食ったババアだって？」

「そんなこと言ってな……おぐぅ⁉」

心の中を読まれたかのようなタイミングで魔王の指圧が私を襲う！

ババアとは言ってないよ！

おばあちゃんって言っただけだよ！

それに年食ってるのは事実じゃないか！

「てい！」

「ほぐぉ⁉」

追加の指圧が私を襲う！

あのー？　魔王さんや？

あなたのステータス九万くらいだってわかってます？

やろうと思えば指先だけで人体を木っ端みじんに吹っ飛ばせる力があるってわかってます？

そんな力でツボをつくのは酷《ひど》いと思うんだ！

私以外にやったら北斗なんちゃらな暗殺拳をくらったみたいにひでぶ！　しちゃうよ！

とまあ、こんな感じで蜘蛛車の中でじゃれあってる私たちですが、大事な決戦前なのにいいのか？　とはたから見たら思われるだろう。

けどまあ、やることは済ませたし、魔族軍は現在移動中なのでやることがないんだよね。

進軍を急がせることはできるけど、先行している夏目くん率いる帝国軍は森のせいで足止めくらってるし。

さすがに森の中をそのまま大所帯で進軍させることはできないので、帝国軍は現在森を切り開いてる真っ最中だったりする。

普通森を進軍できるくらいに切り開くのは相当大変だと思うけど、ステータスとかスキルがあるこの世界じゃ割と簡単にバッサバサと伐採ができるからねー。

私なんかはやろうと思えば暗黒弾の一発でもぶっ放せば、その進路上のものは根こそぎ吹っ飛ばせるし。

そこまでじゃないにしても帝国軍は数の強みを生かして森を地球じゃありえない速度で切り開いていっている。

とは言え、それでも普通に進軍するよりも遅くなるのは仕方ないこと。

先行する帝国軍がそんな状態なので、後ろから追いかけている魔族軍を急がせちゃうと追いついちゃうわけ。

それはちょっと困る。

というのも、帝国軍の大半はうちらのことを魔族軍だって知らないから。

夏目くんが洗脳を施しているのはホントに一部の上層部の人だけで、従軍しているほとんどの兵士は上に言われたから従ってるだけなんだよね。

当然、そんな兵士たちは後ろからついてきている別動隊が魔族軍だなんて知る由もない。

彼らはうちら魔族軍を正規の帝国軍だって信じてるわけ。

一応魔族軍は帝国軍の格好をしてるから、遠目に見ただけじゃたぶんバレることはないと思う。

けど、合流しちゃったら違和感は隠せない。

帝国軍の格好してるって言っても普段から着てるわけじゃなくて、この遠征のためだけに急遽《きゅうきょ》用意したものだしね。

着こなしとかで違和感は出るでしょ。

あれだ、新入社員が着慣れないスーツを着てるような感じ。

まあ、そんな些細な違和感よりももっと致命的な差異があるんだけどね。

魔族って、魔族語で話すねん……。

そりゃ、話してるところ聞かれたら一発ですやん……。

あと、今私たちが乗ってる蜘蛛車ね！

こんなの帝国にあるわけないじゃん！

なんだよ、アークタラテクトが馬代わりの車って……。

こんな目立つもんがあったら、一発でこの軍が尋常なもんじゃないってわかるって。

まあ、そういうわけで、先行する帝国軍に追いつくわけにはいかないんだよ。

なのでのんびりと進んでる。

あと、この後の戦いはホントに厳しいものになることが予想されるので、今から余計な疲労をためないようにリラックスしてるっていう意味合いもある。

変に緊張して、いざ本番、って時にヘロヘロになってたら話にならないからね。

私と魔王はそんな感じで適度に力を抜いてるんだけど、魔族軍も進軍速度を緩めることでできるだけ力を温存させようって狙《ねら》いがある。

じゃあ、先行してる帝国軍は？　って話だけど、帝国軍は捨て駒みたいなもんだからなー。

適度にエルフの戦力を削って、適度に相手を攪乱《かくらん》してくれればそれでよし。

どうせただの人族の軍じゃ、本気を出したエルフの戦力に敵うわけがないし。

本気を出してない、表向きのエルフの戦力を間引いてくれれば帝国軍はお役ごめん。

エルフの真の戦力、ポティマスが抱える機械兵器を引っ張り出すくらい頑張ってくれれば御の字かな。

そして悲しいことにそれが出てきたら帝国軍じゃ蹂躙《じゅうりん》されるだけ……。

ぶっちゃけ帝国軍ってほぼ生き残れないと思う。

そうなるのを見越してる帝国軍の疲労うんぬんを気にしても、ねえ？

帝国軍には頑張って血路を開いてもらうということで。

今開いてるのは森だけど。

「ん……」

と、魔王のマッサージの手が止まった。

「……また？」

「……うん。まただね……」

魔王がちょっとうんざりした様子で私から離れて座席に座る。

「もしもし？　あーうんうん……」

そして一人で喋《しゃべ》りだした。

はたから見ると急に一人で喋りだすヤベー人だけど、ちゃんと会話の相手は存在する。

どっかから変な電波を受信したわけでは断じてない。

……ある意味変な電波かもしれないけど。

まあ、その、なんだ……。

念話のスキルで離れた相手と電話みたいに通話してるわけなんだけど、その相手が、ね……。

吸血っ子なんだわ。

あいつは今、帝国軍に同行してるわけなんだけど、森を切り開くので足止めくらってるせいで暇らしい。

そして暇だからってものすごく短いスパンでこうして念話を飛ばしてくる。

しかも念話を飛ばしているのは魔王にだけじゃなくて、メラとか鬼くんとかにもしょっちゅう飛ばしてるらしい。

魔王に念話がかかってくる頻度から逆算するに、こいつ寝てる時以外はずっと誰かと念話してないか？

寂しがり屋か！

まあ、吸血っ子は帝国軍に知り合いなんかほとんどいないだろうし、あいつ自分から友達作りに行くようなタイプでもないし、話し相手がいなくて退屈してるのかもしれないけどさぁ……。

同行してるフェルミナちゃんとは犬猿の仲だし。

……ん？

ちょっと待てよ？

たしか吸血っ子に同行してるのはもう一人いたはずなんだが？

魔族の学園で吸血っ子に惚《ほ》れた挙句、婚約者のフェルミナちゃんをはめて追い落とし、フリーの身を勝ち取って、さらにさらに吸血っ子に言い寄って拝み倒して眷属《けんぞく》である吸血鬼にしてもらったという、超吸血っ子ラブな奴《やつ》が。

ワルドくんって言うんだが。

吸血っ子は計算上ほとんどの時間を念話に費やしているということは、すぐそばにいるはずのワルドくんとは対話をしてないということで……。

……ワルドくん、頑張れ。

吸血っ子を愛するあまりいろんなもの捨てて吸血鬼になったというのに、この仕打ち……。

まあ、フェルミナちゃんを捨てた因果が巡ってきたと考えればむしろ妥当？

ん、んー……。

たしかにワルドくんの執着というか執念というか、ちょっとストーカー染みてるし、吸血っ子ってあんなだけど根っこの部分は陰キャだから、あんまグイグイ来られるのは苦手だろうしなー。

そのくせ吸血っ子本人は気を許した相手にはグイグイ来るっていう……。

幸いにして私はスキルを失っているので、私には念話がかかってこない。

残念だけど魔王とメラと鬼くんには吸血っ子の暇つぶしに付き合ってもらおう。

なんだかんだ付き合ってあげるあたり、みんな優しいよね。

……もしかしたらそれで気を紛らわせてるのかもしれないけど。

今回の相手はあのポティマスだ。

はっきり言えば、全員が生きて勝てる保証は、ない。

負けるとはみじんも思ってない。

勝つための準備は過剰なくらいにしてきたつもりだ。

でも、絶対なんてこの世には存在しない。

私が入念に準備をしてきたように、ポティマスも準備をしてきているはずなのだ。

それこそ、私たち転生者がこの世界に生まれる前からずっと、ずーっと。

私はまだ、ポティマスという男の底を見ていない。

だから、なにが起こるかわからない。

もう一度言うけど、負けるとはみじんも思ってない。

でも、犠牲が出ないとも、言いきれない。

最悪、生き残るのは私だけかもしれない。

それだけ厳しい戦いになるだろう。

それを吸血っ子も感じ取ってるのかも……。

「魔王」

「うん？」

「吸血っ子に伝言しておいて」

「なんて？」

「勝つから安心しておけって」

魔王は私の言葉を聞いて少しの間キョトンとしていたけど、やがて苦笑をしながら通話を再開した。

「白ちゃんから伝言だよ。勝つから安心しておけってさ。不安でしょうがないソフィアちゃんのこと励ましてくれてるよ？」

ちょっと。

伝言の後の一言は余計じゃないですかね？

若干ニヤニヤしてるし、確信犯だなこの魔王め。

「ぬお」

その魔王が小さく呻《うめ》いて首をのけぞらせる。

「……怒って通話切っちゃった」

メッチャ早口でまくし立てて勢いに任せて通話を切る吸血っ子の姿がありありと思い浮かんだ。

わかりやすいなー。

吸血っ子って、基本ポンコツだよね。

スペックは高いはずなんだけどなぁ……。

どうしてこうなったのやら。

育ての親の顔が見てみたいね。

「かーわいいねー」

魔王がくつくつと笑う。

……そういえば幼少期はこの魔王が親代わりみたいなもんか？

あ、そう考えるとなんか吸血っ子がポンコツになったのもすごく納得。

「てい」

あたぁー⁉

魔王のデコピン！

だからそれ私以外にやったら頭が吹っ飛ぶやつ！

「また変なこと考えてたでしょ？」

ぐぬぬ！

当たっているだけに言いがかりだって否定することもできない！

「白ちゃんてこう、わかりにくいようでわかりやすいよね」

呆《あき》れたように嘆息する魔王。

……別にわかりにくくしてるつもりもないんだけど、わかりやすいと言われるのもなんかショック。

「今回の戦い、勝率は？」

表情を真剣なものに変えて尋ねてくる魔王。

じゃれあいはここまでってことか。

「100％」

だから私は忌憚《きたん》のない予測を真剣に答える。

「……じゃあ、私たちが生き残れる確率は？」

「……」

魔王が言う私たちというのは、魔王、吸血っ子、鬼くん、メラ、人形蜘蛛《ぐも》姉妹あたりかな。

その他の有象無象は数に入れてないだろう。

「即答できないってことは、100％じゃないってことだ。ほら、わかりやすい」

ぐうの音も出ない。

「白ちゃんってホント身内には甘いよね」

魔王が苦笑する。

が、すぐにまた表情を真剣なものに戻す。

「でも、今回ばっかりはその甘さを捨てな」

「……」

「戦いなんだよ。戦いであるからには命のやり取りをする。そんでもって、私たちは命をベットしてる。それで死ぬことがあるのなら、それは私たち自身の力不足が原因だよ」

「だから、フォローはいらないと？」

「いらないとは言ってないよ。ただムリをしてフォローをする必要もない。白ちゃんは勝つために全力を尽くしてくれればそれでいいよ」

……魔王の言いたいことはわからなくもない。

でも、それでも。

「できる限りのフォローはするよ」

「……じゃあ、白ちゃんの手を煩わせないように頑張んなきゃね」

どうせ魔王たちのことを見捨てることはできないと思う。

魔王は甘いと言うけど、どっちかと言うとこれは私自身のためだ。

後悔だとかなんだとか、そういうことはしたくない。

だから、

「みんなで生きて勝つ確率は、１００％」

宣言する。

それ以外の勝ち方は認めないと。

やってやろうじゃないか。

黒1　昔語り　出会い

私とサリエルの馴《な》れ初《そ》めは、そう面白いものでもない。

いや、衝撃的な出会いではあったので、ある意味では面白いのかもしれないな。

しかし、色恋的な面白さを期待されているのであれば、出会いの時点ではそんな要素は欠片《かけら》もなかったとあらかじめ言っておこう。

残念ながら一目惚《ひとめぼ》れだとか、そういったロマンチックな出会いではなかった。

サリエルとの出会いはもっと別の意味で衝撃的なものだったからな。

色恋などといったものではなく、もっと直接的な衝撃を伴う出会いだった。

ああ、そう、直接的な、な。

なにせ、出会い頭に吹き飛ばされたからな。

衝撃的だろう?


システムが稼働する前の世界は、今の世界とは全く異なる。

見た目も、そして内側も、なにもかも。

システムがないのだから当然と言うべきだが、ステータスやスキルはなかった。

その分人は脆弱《ぜいじゃく》だったが、魔物などという存在もなかったために、強くある必要もまたなかった。

魔法が使えぬ代わりに科学が発展し、天を衝《つ》くような高層建築物が建てられ、地上では自然の土の上に固く均された道が繋《つな》がれ、高速で走り回る自動車がその道を埋め尽くしていた。

当時の人々が今の人々の暮らしを見れば、時代が逆行したと思うことだろう。

実際にはスキルの恩恵や、今なお残っている人々の知恵など、完全に逆行したわけではないのだが、そういった歪《いびつ》さを実感できるのは当時を知る私やアリエルやダスティンなどくらいだろう。

ポティマスはそんなこと気にもしないであろうな。

あといるとすれば、転生者たちか。

彼らもどうやら転生する前はそれなりに文明の進んだ星で暮らしていたようだ。

であれば、今の暮らしぶりの中に見合わない、当時の文明の残り香のようなものを見出すこともあったかもしれない。

そうしたものを消し去るために本などの記録媒体は劣化するのが早い仕掛けがシステムには組み込まれているのだが、口伝などで代々継承されていくものまで消しきれるものではない。

いかにDが強大な神であろうとも、人という脆弱な種でも抗えるのだと証明しているかのようだ。

それがいかにちっぽけな抵抗であろうともだ。

人々にそんな気はないことなどわかっているし、これは私の小さな願望なのだろうがな。

……話がだいぶそれたな。

とにかく、当時と今とでは同じ世界なのかと疑いたくなるほどの違いがあった。

そして違いは世界だけでなく私自身にもあった。

当時の私は、自分で言うのもなんだが傲慢《ごうまん》であった。

人を下等な生物だと信じて疑っていなかった。

自身の名誉のために弁明しておくが、この考えは私だけでなく龍全体に言えることだ。

龍、現代でそう呼ばれている魔物たちのことではなく、私と同種の正真正銘の龍たちのことだ。

現代の龍は真の龍の体組織をもとに、ポティマスが生み出したキメラの一種に過ぎない。

その生き残り、あるいは子孫が現代では龍と呼ばれている者たちだ。

真の龍は私と同じく、生まれた瞬間から神に至ることが約束された、強力な種だ。

それ故に、龍こそが最も優れた種であり、それ以外の種は龍の下につくべきだと本気で考えている。

今でこそDという規格外の神を知り、その思想に疑問を持つようになったが、当時の私はその考えにどっぷりとつかっていた。

故に、下等な人間たちが我が物顔で世界中に蔓延《まんえん》していくのが面白くなかった。

なぜ、龍の上層部は力に物言わせて人間を支配してしまわないのか？

そう思っていた。

龍としてみればいまだ若輩の私だが、当時はさらに若かったのだ。

若気の至りというやつだな。

だから、よりにもよって龍の子供が人間によって攫《さら》われるという事件が起きた時、私の機嫌は最悪であった。

当時、龍は小さな領土の中でつつましく暮らしていた。

支配者たる龍がそのような暮らしをしているのに不満を持つものは多かった。

が、龍にとって年功序列は絶対。

年長の龍が指示を出すのであれば、若輩はそれに従わざるをえない。

不満はあれど、そうせよという年長の龍の指示があれば押し殺して従う。

龍は生きた年数がそのまま強さに直結する。

他の生物のように親の優劣によって子の優劣が決まらない。

だからこそ、年長の龍が尊重されるし、子は全《すべ》て平等に宝なのだ。

長命、どころか寿命というもの自体が存在せず、個として強力な龍は子をなすこと自体が少ない。

珍しいからこそ子は大事に大事に育てられる。

その宝を、よりにもよって攫うなど、龍の逆鱗《げきりん》に触れる行為であった。

私自身はその子と縁もゆかりもない。

その子と会ったことすらなかった。

その私でさえ腸《はらわた》が煮えくり返る思いだったのだ。

子の親族の怒りは察して余りある。

人間の街を手当たり次第に破壊しつくしながら、子を捜してもおかしくはなかった。

だからこそ、縁もゆかりもない私に攫われた子の監視が命じられたのだろう。

奪還ではなく、監視だ。

年長の龍たちの言によれば、「人の手で攫われたのであれば、人の手で奪還するのが筋」だとのこと。

でなければ、龍は人を許す大義名分がなくなってしまう。

それを聞いた私の素直な感想は、許す必要があるのだろうか？　だった。

許さずに見せしめとして街のひとつでも吹き飛ばしてやればいいと、当時の私は考えていた。

が、年長の龍にそう指示されれば従わざるをえない。

私は攫われた子供を監視し、万が一にも人間が奪還する前に子供に危険が迫った時の保険となった。

子供を攫ったのはとある犯罪組織だった。

龍は優れた種族だ。

子が攫われたと判明してからすぐ犯人たちにたどり着いていた。

そして、その犯人たちが身を潜めている国に連絡し、同じ人間の手で子の奪還をしろと命じていた。

人間も龍の恐ろしさは知っている。

その龍の子供を攫うということがどういうことなのかも知っている。

当時の私は攫った側も奪還する側も一緒くたに人間という枠で考えていたが、今から思うと奪還する側は気が気でなかっただろう。

少しでも良識のある人間であれば、龍の子供を攫うなどということはしない。

良識がない連中だからこそ、そのような暴挙に出られたのだ。

龍の子を攫った連中は、一言で言えば馬鹿だった。

だから利用されたのだ。

後々になって判明することだが、この馬鹿げた誘拐劇の黒幕はポティマスであった。

奴《やつ》は龍という超越した種の研究のため、実行犯である犯罪組織を利用したのだ。

しかも周到なことに、間にいくつもの組織や人を挟み、ポティマスにはたどり着かないようにして。

龍の怒りを買えばどうなるか、奴は知っていたのだ。

だからこそ、自身にはたどり着けないよう工作してことに及んだ。

龍に手を出す大胆な行動ととるべきか、こそこそと工作を重ねる小胆者ととるべきか、判断に苦しむ所業だ。

どちらにせよ奴はこの件で龍の体組織の一部を手に入れることに成功した。

攫われた子供の毛髪や鱗《うろこ》の破片などだ。

その一部を使いキメラを生み出すのだが、それは別の機会に語るとしよう。

ポティマスに利用されたとはいえ、実行犯どもが許されることはない。

龍に手を出すということはそういうことだ。

そのとばっちりを受けないよう、実行犯である犯罪組織のある国は必死で対処に当たらねばならない。

攫われた子供の身に何か起こる前に、必ずや無事に奪還せねばならない。

しかし、私はむしろ実行犯どもが子供に何かをするのを望んですらいた。

そうすれば、実行犯ごとその国を吹き飛ばす大義名分ができるからだ。

私に命じられたのは子供の身に何か起こらないよう見張っていること。

そして、子供に危害が加えられそうになったならば、実力行使で子供を保護すること。

その条件であれば、私は実力行使を許可されていたのだ。

私は空間魔術を得意としており、子供の身に何かあれば転移ですぐさま現場に駆けつけることができる。

よっぽどのことがない限り、何かあったとしても子供の救出は間に合う。

ならばこのまま何事もなく終わるよりも、龍に手を出すということがどういうことなのか、今一度人間どもに教えてやったほうがいいのではないか。

そのように考えてしまうほど、たまった鬱憤《うっぷん》もあって理性的とは言い難い状態だった。

加えて、

「おう兄ちゃんよー。ここは俺らのシマなんだけど？」

と、からまれていたのも、私の怒りにさらなる燃料をくべていた。

監視の張り込みのために、人目の少ない薄暗い路地裏を選択したのがいけなかった。

人間に擬態し、たった一人でそんな場所にいた私は、ガラの悪い連中にとって格好の得物《えもの》に見えたのだろう。

ガラの悪い人間の若者たちに囲まれてしまっていた。

いつの時代でもこういった輩《やから》は存在しているものだ。

面倒なことになった、とは考えなかった。

考えるよりも前に手が出たからだ。

すでに私の怒りは沸騰していたし、当時の私は人間に区別などつけていなかった。

子供を攫った人間も、それを奪還しようとする人間も、その時絡んできたガラの悪い人間も、等しく人間というカテゴリーであった。

そして、その人間が私に牙《きば》をむいている。

攻撃するのにそれ以上の理由はいらなかった。

おそらく小金を脅し取る程度のことしか考えていなかっただろうガラの悪い若者たちにしてみれば、いきなり殺しにかかってくるなど想像もしていなかったに違いない。

しかも、その相手が龍だったなどと、夢にも思うまい。

そして、私の拳《こぶし》は彼らがそのようなことを判断するよりも前に、自身が死んだとすら気づかせぬほどの速度で振るわれ、八つ裂きにする、はずだった。

しかし、私の拳が振るわれることはなかった。

その前に、背後から私の腕をそっと掴《つか》んだ存在がいたからだ。

「っ⁉」

反射的に掴まれたのとは逆の手で、その相手に裏拳を見舞う。

しかし、その裏拳は防がれ、余波で衝撃波が発生する。

その衝撃波でガラの悪い若者たちはひっくり返っていた。

が、その時の私にはそんなことを気にしている余裕はなかった。

なぜならば、反撃で吹き飛ばされていたからだ。

何が起きたのか一瞬理解できず、気づけば空を仰いで地面に寝ころんでいた。

「警告します。在来種への物理的干渉は許可できません」

そんな私を見下ろし、感情のうかがえない機械的な淡々とした声で告げる存在。

「在来種への龍の敵対的行動を感知しました。実行する場合は当該使命に抵触。排除に移ります」

それは無慈悲な宣告。

私を龍であると知りながら、それでも行動を起こせば排除するという宣言。

そして、彼女はそれをなしえる力を持っていた。

自身の種族こそが至高と考える龍が、それなのに星の支配を実行できていなかった理由。

在来種を保護する、龍を超えた存在。

それこそが、現代では女神などと呼ばれているサリエル。

出会い頭にお互いに攻撃を仕掛け合い、地面に寝ころばされた挙句に排除すると言われる。

これが私とサリエルの出会いだった。

な？　色恋とは結びつかない出会い方だろう？

間章　ポティマスの始まり

認めがたい。
なぜ、人は死ぬ？
どうしてそれが避けようがないのだ？
死とは終わりだ。私という存在の終わりだ。
そんなこと認めがたい。
私は死にたくない。死ぬのが恐ろしい。
なぜ、他の人間どもは死ぬことを受け入れているのだ？
避けられないから？　それが運命だから？
下らん。実に下らん。
避けようと努力もせず、のうのうと生きている。
その怠惰な在り方には反吐《へど》が出る。
ただ運命だからと受け入れて、死を待つなど私はごめんだ。
私は永遠を手にしてみせる。
死に怯《おび》えずに済む永遠の命を。
必ずだ。
どんな手を使ってでも。

2　決戦開始のゴング

鬱蒼《うっそう》とした森の中。

そこに自然になじまない結界がドーンとある。

私と魔王、さらに人形蜘蛛《ぐも》姉妹、計六人は、魔族軍と別れてそんな結界の前にいた。

先行していた帝国軍はようやくエルフの里を覆う結界の外縁近くまで到着した。

あとはこの結界をどうにかすれば、エルフの里に侵攻できる。

まあ、その結界が問題なんだけど。

この結界、非常にかったい！

どれくらい硬いのかというと、クイーンタラテクトの全力ブレスをくらってもびくともしないくらい。

やけに具体的だなとお思いのあなた。

その通りで実際過去にお試し済みなのです。

実はこのガラム大森林、エルフの里があるということ以外にもう一個、広く知られていることがある。

それが、クイーンタラテクトの生息地だということ。

そう、エルロー大迷宮にいたあのマザー、それと同種のクイーンタラテクトがこの森にも生息しているのだ。

まあその理由は推して知るべし。

魔王の不倶戴天《ふぐたいてん》の大敵、ポティマスのことを監視するための見張りだ。

エルフの里には結界があって手出しできないけど、そのすぐ近くにデデーンと縄張りを持つことで、プレッシャーを与え続けているわけだね。

このクイーンタラテクトがいるおかげで、ポティマスは迂闊《うかつ》に結界を解くこともできない。

そして出入りはクイーンタラテクトの生息域を避けるためにも、転移陣を使った長距離転移に頼らざるをえないわけだ。

ちなみにこのクイーンタラテクト、現在は帝国軍の侵攻の邪魔にならないように退避している。

エルフの里を挟んで帝国軍の反対側にね！

つ、ま、り、エルフどもは帝国軍とクイーンタラテクト率いる蜘蛛群団との挟み撃ちに遭うわけ。

素晴らしい！

が！　それを実現するためには、クイーンの全力ブレスに耐える結界をどうにかせにゃならん。

この結界、ポティマスのいらん知恵をフル動員して作られているらしく、ＭＡエネルギーをバカみたいに浪費しまくって常時すさまじい防御能力を展開している。

この結界のせいでコツコツとシステムが集めているエネルギーが無駄に浪費されていると思うと、腹立たしいことこの上ないね！

あー、ぶっ壊してー。

でも、まだだ。まだその時ではない。

今は合図待ちなのである。

結界を壊す前に、まずやらねばならぬことがある。

それは、転移陣の破壊。

転移陣は誰《だれ》でも使える長距離移動手段だ。

そして、結界によって隔絶されているエルフの里と外をつなげる唯一の出入り口でもある。

これを潰《つぶ》しておかないと、たとえ物理的に包囲していても、エルフたちが逃げだしてしまう。

そして逃げた先は転移先の遠い土地。

追いかけようにも転移した後に出口となる転移陣を破壊されたら追いかけようがない。

一応、長年の神言教の追跡や調査によって、いくつかの転移陣の出口の場所は把握しているそうだ。

が、把握していない転移陣が存在していないとは断言できない。

ならば把握している転移陣からエルフの里に侵入し、内側から転移陣を破壊してしまおうという作戦だ。

幸いにして、エルフの里にある転移陣は結界を越えなければならないという制約があるため、一か所にまとめて作られているようだ。

結界の構造の問題上、すべての転移陣をその一か所に集め、いったん束ねて結界の外につなぐ穴を通し、そこから各転移先にばらけるようになっているようだ。

これは私が結界の下調べをしている時に発見した。

ポティマスのことだから別の場所に隠された転移陣が絶対ないとは断言できないけれど、調べた限りではそれらしき結界のゆるみは確認できなかったので、おそらくないんじゃないかと思う。

そのため、転移陣を一網打尽にすることは可能。

そう、私が待っている合図は、内部に潜入して転移陣の破壊が成功したという連絡なのだ。

で、エルフの里の内部に潜入しているのは、転生者の草間《くさま》くん。

前世の名前は草間忍《しのぶ》。

転生特典のユニークスキルは忍者だそうだ……。

これ絶対名前繋《つな》がりだよね？

安直すぎひん？

Dめ。適当な仕事しやがって……。

まあ、その草間くんが今世で生まれたのは、神言教の暗部を担うお家だそうだ。

つまり、神言教お抱えの忍者みたいなもんだね。

さすがのポティマスもそんながっつり神言教の息のかかった家から草間くんを引き抜くことはできなかったらしく、転生者の中で唯一エルフと全く関わりのない生活を送ってきたそうだ。

まあ、暗部の家なんて特殊な環境に生まれたからには、平穏な生活をしていたかというとそうでもないっぽいけど。

その証拠に草間くんは暗部の訓練を施され、さらにユニークスキルである忍者がそれにばっちりかみ合い、かなり強いらしい。

まあ、強いって言ってもあくまで人間基準の話だけどね。

それでもちょっと潜入して、転移陣を爆破してくるくらいなら朝飯前だって。

ちなみに、爆破に使うのは鬼くんが作った炸裂《さくれつ》剣とかいう爆発する魔剣。

魔剣と言いつつ、まんま爆弾だよね。

一本だけでも転移陣を一網打尽にできるくらいの破壊力はある。

鬼くんってさ、それを量産してるんだぜ？

見た目は剣士のくせに、その実態は爆弾魔なんだぜ？

詐欺だと思う。

せっかく刀に似合うように和服を私の糸を使って作ってあげたっていうのにさぁ。

純和風の鬼剣士。

しかして実態は爆弾魔。

ないわー。

その鬼くんと草間くんは前世でそれなりに仲の良かった友達らしく、神言教と打ち合わせをした際は、休憩時間とかによく顔を合わせて旧交を温めていたみたい。

たぶん炸裂剣を渡したのも餞別《せんべつ》的な感じなんじゃない？

私はそんな旧交を温められるような友達いないからよくわからないけど！

羨《うらや》ましくなんかないんだからね！

と、謎の弁明をしながら結界の内側を見やる。

この結界、透けてるから外から中を覗《のぞ》き見《み》ることはできる。

見えるってことは可視光線は通過できるってことだし、まさか密閉されてるわけじゃないだろうから空気とかも通ると思うんだよね。

それ考えるといろいろと悪さできそうな気がするけど、私が考えつくような手を魔王とか教皇が試していないはずがないとも思うので、そこらへんの対策もなされているんだろう。

なんという忌々しい結界でしょうかねー。

まあ、私にかかればこんな結界ちょちょいのちょいとぶっ壊せるんですけどね！

草間くんが転移陣の破壊に成功した後の作戦はこうだ。

まずは私がポコッとエルフの里に張り巡らせてある結界を破壊します。

ここで帝国軍が頑張って新型の大魔法で破壊したように見えるよう小細工します。

目くらましくらいにはなるでしょ。

で、夏目くん率いる帝国軍が進軍。

夏目くんはいろいろとヘイトを稼いでくれているので、きっとそっちにエルフの皆さんは殺到してくれるはず。

少なくとも山田《やまだ》くん一行は向かってくれる、と思う。

ていうかそうじゃないと困る。

万が一にも魔王と山田くんが鉢合わせるってことだけは避けないと。

まあ、そこはギュリギュリの分体ことハイリンスがうまいことやってくれると信じよう。

ハイリンス、頼むよー？

そこはきっちり誘導してくれよー？

まあ、そうやってエルフたちの目を帝国軍に向けている間に、魔族軍が進軍開始。

エルフたちの横っ面に攻撃を加えると。

魔族軍の指揮はメラと鬼くんに任せてるし、先行している帝国軍には吸血っ子もいるから問題はない。

いざとなればフェルミナちゃんもいるから何とかなる。

エルフの戦力がこっちの思っていた以上だったとしても、彼らならつつがなく撤退できるくらいには粘ってくれる。

ぶっちゃけ吸血っ子と鬼くんさえいればどうとでもできるわな。

でまあ、帝国軍と魔族軍に攻められて二方面作戦を展開しなきゃならないエルフさんたちに、さらにタラテクト群団をプレゼント。

クイーンもいるよ！

クイーンだけでもあかん戦力なのに、さらにアークが十四体。

グレーター五十一体。

その他多数。

もう、こいつらだけでいいんじゃないかな？

普通に死ねる。

阿《あ》鼻《び》叫《きょう》喚《かん》の地獄絵図が予想されるけど、その混乱に乗じて私と魔王がエルフの里の内部にこっそり潜入。

転生者の身柄確保だとか、ポティマスの本体殺害だとかを敢行すると。

ポティマスの本体さえ殺してしまえば、この戦争は勝ったも同然。

すでにエルフの里の外にいる分体は全部始末してある。

王国で吸血っ子が始末したのがたぶん最後の分体。

そのポティマスの最後の分体を始末するために、王国ではクーデターを起こしたりして、そのせいで山田くんたちがひどい目にあったけどしゃーないんだよ。

王国でポティマスがいろいろ暗躍してたのが悪い。

つまりポティマスのせい。

私のせいではない。

まあ、大掛かりなことしたかいあって、分体含めてポティマスの影響は王国から一掃できた。

もし漏れがあったとしても、ポティマスは私みたいに本体を分体に移行することなんかできない。

ポティマスはあくまでも本体は本体で、分体は遠隔操作してるだけだからね。

だから本体さえ殺してしまえば、その時点で分体は意味をなさなくなる。

帝国軍も魔族軍もタラテクト群でさえも囮《おとり》。

最初に囮になってもらう帝国軍には結構な被害が出るだろうけど、元より使い捨てるつもりで集めた軍だからね。

エルフたちをひきつけてくれさえすればそれでいい。

で、魔族軍とタラテクト群でひっかきまわすと。

その隙に本命である私と魔王が動く。

ぶっちゃけ私と魔王だけでその他の全軍合わせたよりも戦力としては上だし。

その魔王と私は今睨《にら》み合っていた。

「白ちゃんが何と言おうと、これだけは譲れないなー」

「ダメなものはダメ」

ビリビリとした緊張感が周囲を包み込む。

同行している魔王の人形蜘蛛《ぐも》たちが、その緊張感に耐えられずに恐怖でガタガタと震えている。

私も魔王も互いに主張を譲らず、睨み合いが続く。

何をもめているのかというと、ポティマスに止めを刺す役をどっちがやるかということ。

私は先生の件もあってポティマスをボコボコにしたい。

あんのクソ野郎は私の前世の恩人である先生をだまくらかして、転生者を集めるために馬車馬のごとく働かせたうえに、分体化する前準備のために、先生の魂に自身の魂の一部を寄生させてたんだよ？

許せるわけないよねー？

プラスで言えば、ポティマスの底が見通せない分、魔王よりも強い私が対処したほうが安全だというのもある。

対する魔王もそこら辺をわかった上で、それでもポティマスと戦いたいと主張している。

そりゃ、魔王はこれまでずっとポティマスにさんざん好き勝手やられていた恨みがある。

私なんかよりもその想《おも》いはずっと深いはずだ。

けど、相手はあのポティマス・ハァイフェナス。

たった一人で世界を敵に回してずっと暗躍し続けてきた男。

今までの戦いを振り返って逆算すると、ポティマスが抱えている戦力は魔王にも届きうると私は予想している。

こんなつまらないところで魔王にもしものことがあったらと思うと、私としては安全策を取りたい。

だっていうのに、魔王はその説明を聞いても頑として引かない。

それだけだったらまだいい。

私も自分の手でポティマスを八つ裂きにしたい気持ちはあるけど、魔王だってそれは同じかそれ以上。

譲歩しても構わないと思う。

私の手助けがあれば。

「せめて手助けだけは容認して」

「断る。これは私の闘争。何人《なんぴと》も介入すること能《あた》わず。なんて言ってみたりして」

これだ。

魔王は自分一人でケリをつけると言い張って引かない。

私の手助けも、配下の手助けも一切許さないと。

一対一で長い因縁に終止符を打ちたいと。

ついさっき、助けは「いらないとは言ってない」とか言っておきながら。

「我が儘《まま》言ってるのはわかってる。けど、これだけは譲れないんだ。ポティマスは私がこの手でケリをつけなきゃならない。だってあいつは、私の……」

覚悟を決めた、魔王の瞳《ひとみ》。

その目でまっすぐ見つめられると、こっちが悪いことをしているみたいな気になってくる。

「死ぬかもよ?」

「もちろんわかってる。元より私の寿命はもうそんなに残ってない。ここで死んだとしても、悔いはない。私が死んだら、そしたら白ちゃんがポティマスを代わりに始末してくれるって信じてるから」

死んでもポティマスは道連れにするって顔して、よくもまあそんなことが言えるもんだわ。

あー。

ないわー。

盛大に溜息《ためいき》を吐く。

ここまで言われたら引かないわけにはいかない。

魔王はその長い生の全《すべ》てを懸《か》けてポティマスに挑もうとしている。

己の誇りを懸けて。

それを私が否定できるわけないじゃないか。

そういう風に言われれば、私が引かざるをえないってわかった上で言ってるんだから、質《たち》が悪い。

「許さないよ」

「え？」

「死んだら許さない。魔王が死んだらその瞬間この世界のことなんか見捨ててとんずらこくから。私にそんな無責任な行動させせないためにも、絶対生き残ること。わかった？」

「……了解、ボス」

泣き笑いの表情で敬礼する魔王の顔を見ていられなくて、私はそっぽを向いた。

と、タイミングよく結界の中、遠目に爆発が起きるのが見えた。

どうやら草間くんは無事に転移陣の爆破に成功したらしい。

これで心置きなくこの結界をぶっ壊せる。

というわけで、まずは異空間に保管していたとあるアイテムを取り出します。

「え？」

それを見た魔王が目を点にして疑問符を浮かべている。

それもそうでしょう。

私が取り出したのは野球のバット。

Dの家を家探ししてゲットした冗句グッズの一つだ。

このバットを振るうと、ボールは必ずホームランになる。

なんかどっかで聞いたことあるような効果だけど、このバットはそれだけじゃない。

このバットで生物をぶっ叩《たた》くと、ホームランになる。

何言ってんのかわかんねーと思うが、要するにメッチャ飛んでいく。

冗談みたいに飛んでいく。

なのにダメージはちょっと痛いくらい。

どんなに飛んでも、そして飛んだ場所から地面に落下しても、ダメージはちょっと痛いくらい。

どんなに力を振り絞って全力でバットを振りぬいても、ダメージは一定以上にならない。

訳がわからないよ。

そんな冗句グッズだけど、吹っ飛ばすという効果そのものは本物。

冗句グッズでもDのところにあった本物の神器。

とは言え、その効果はものすごく限定的で、ボールと生物にしか発揮されない。

ボールはいいとして、なんで生物までホームランの対象にしたのか、非常に謎だけど……。

それ以外のものには全く反応せず、叩いても何も起きない。

なので、このバットで結界をぶっ叩いたところで何も起きない。

が！　それをどうにかする術がある！

取り出したるは白い大鎌。

私のメインウェポンである。

右手に大鎌。左手にバット。

大きく息を吸い込んで、

「合体！」

二つを合わせる！

「えぇぇー……」

魔王が背後でなんか呆《あき》れたような声を出してる。

けど、絵面的にたしかにドン引きされても仕方ないようなことしてるけど、これってものすっごく真面目《まじめ》にヤベーことしてるんだからね⁉

なんていったって片方はD謹製の神器なんだもん。

それを自分のメインウェポンに合成しようってんだから。

実は格としてはバットのほうが大鎌より上なんだもん。

こんな冗句グッズのくせに……。

だからこの合成はメチャクチャ難易度が高いんだ。

私がこの土壇場でギリッギリの状況でこれをやってるのは、合成に失敗しても一発くらいならば、結界を破壊できる出力は出せると目算してるからだったりする。

その場合バットは消滅して、大鎌は元と変わらない、もしくは最悪大鎌のスペックも下がりうる。

それでも試してみる価値はあるのだ。

成功すれば大鎌のスペックを強化できるかもしれないんだから！

うおおおおお！

成功しろー！

手元の大鎌とバットがピカッと光り、バットが大鎌に吸収されていく。

大鎌にものすごいエネルギーが流れ込んでいくのがわかる。

その荒れ狂うエネルギーに振り回されるように、私は光ったままの大鎌を振りかぶった。

そろそろ帝国軍が大魔法ぶっぱなす時刻。

それに合わせて私はこいつをフルスイングするだけ。

それでは。

バッターボックススタンバイ！

白選手、打ったー！

ホームラン！

なんということでしょう！

フルスイングした大鎌の直撃を受けた結界が、いともあっさりと崩壊したではありませんかー！

……あの結界がこんな簡単に粉砕されるバットの力って、やっぱスゲーんだなって。

手元の大鎌を確認する。

さっきまでの膨大なエネルギーは感じられない。

んー。どうやら合成は一応成功したけど、微強化にとどまったっぽいか？

結界を壊すのにエネルギーの大半を使っちゃって、その残りを大鎌が吸収した感じか。

元よりもちょっと強くなったっぽい。

まあ、それなら成功としておこう。

「白ちゃん、何今のものすんごく禍々《まがまが》しいオーラのバットは？」

「魔王、世の中知らないほうがいいことっていっぱいあるんだよ？」

魔王がバットについて聞いてくるけど、D謹製の便利グッズのことはあんま突っ込まないでほしい。

便利な反面、使ったらその後が怖い物ばっかだし。

だってあのDが作ったものだよ？

なんかものすごい呪《のろ》いとかついてそうで怖いじゃん？

一応入念にチェックして、そういうものがないって確認してから使ってるけどさあ。

Dのことだから、私のチェックをすり抜ける隠ぺい工作がされててもおかしくないし。

それでも使う時は使う。

だって便利なんだもん！

実際、結界を壊すのにあのバットを使わなかったら、結構な手間だったと思う。

まあ、今はそんなことより行動あるのみ。

万里眼でエルフの里全体を俯瞰《ふかん》してみれば、結界がなくなったことでエルフたちは慌てふためき、帝国軍は夏目くんを先頭に意気揚々と進軍を開始していた。

転生者居住区に目を向ける。

今のところエルフが転生者たちに何かする様子は見られない。

んー、まあ、放置で問題なし。

「よし、じゃあ行こうか」

エルフたちの目が帝国軍に向いている今のうちに、私らは私らの仕事をしますかね。

ということで、移動開始。

私が先頭になって魔王たちを誘導していく。

私一人なら転移であっちこっちに行くこともできるけど、魔王はそうはいかないからね。

それに、転移を使うとたぶん空間の揺らぎを検知されてこっちの動向がバレる。

もうすでにバレてるかもしれないけど、バレてないかもしれないし、一応隠密行動ということで。

エルフがいない場所を選んで突き進む。

人形蜘蛛たちがついてこれるギリギリのスピードで森の中を駆け抜ける。

その間にも万里眼で情報収集は欠かさない。

集中してエルフの里全体を俯瞰して観察してみるが、ポティマスの居場所は把握できない。

よっぽど厳重に隠してるっぽい。

実にポティマスらしい慎重さだわ。

けど、見つからないのが逆に奴《やつ》の居場所を特定する手掛かりになっている。

これだけ探して見つからないということは、探せない場所にいるってこと。

かといって、里の外って選択肢はあり得ない。

あのポティマスがあれだけの結界を使ってるんだから、その外に本体を置いておくなんて博打《ばくち》を打つはずがない。

必ず最も安全な結界の中に本体はいる。

そして、その結界の中でも見つからない場所。

そこまで考えれば場所の特定はできる。

地下だ。

地上をくまなく探しても見つからないんだから、そこしかない。

私らが見つけなければならないのは、その地下へと通じる通路。

けど、探す必要はない。

地上にはポティマスが抱えているはずの超技術で作られたロボが一体もなかった。

ならば、ポティマスの本体同様地下に隠してるはず。

今回の襲撃はその戦力なしでしのぎきれるものじゃない。

必ずどこかしらのタイミングでそいつらを投入してくる。

そうしたら、そいつらが出てきたところを襲えばいい。

そいつらが出てきたところこそ、ポティマスへと通じる道なはずだから。

と、言ってるそばから、私たちの前方一キロくらい先の地面がパカッと割れ、そこからロボがワラワラと出てくる。

わーお。

なんか某星の戦争的な映画に出てきそうな外観のロボだわ。

四本腕に、四本足。

その四本の腕には銃が括《くく》りつけられている。

ファンタジー世界には似合わない、SFチックなロボ。

ロボは地上に出ると同時に、こっちに向かって移動を開始。

どうやら敵さん、すでにこっちのことを捕捉《ほそく》してたらしい。

四本足を器用に使い、高速で森の中を駆けてくる。

速いな。

ステータスに換算すると、五千くらいか？

私と魔王ならばその程度のスピードは屁《へ》でもないけど、人形蜘蛛《ぐも》たちはちょっと苦戦するかもしれない。

人形蜘蛛たちもステータスは一万超えてるけど、あのロボに搭載されている武器がどれだけの威力を発揮するかわからないし、何より数が多い。

「接敵。私が対処する」

短く魔王たちに報告。

そのまま高速で移動し、ロボが視認できる距離に来る前に、魔術を発動させる。

闇《やみ》の弾丸が複数飛来し、ロボ軍団に襲い掛かる。

ロボは抵抗もろくにできずにそれに撃ち抜かれ、破壊された。
……もろい。
これがポティマスの戦力？
イヤ、まさかねえ。
こんなガラクタだけなはずがない。
まあ、けど、地下への入り口は見つけられた。
破壊されたロボの残骸《ざんがい》をそのまま無視して進み、ロボ軍団が出てきた入り口に到達。
慌てたように入り口の蓋《ふた》が閉まろうとしたけど、それを力ずくで止める。
ていうか、蓋をそのままぶっ壊した。
ロボ軍団が出てきた入り口は、急な下り坂になっていた。
この下に、ポティマスがいる。
魔王へと目配せすると、魔王は無言で頷《うなず》いて下へと降りて行った。
ここから先は、魔王一人で進む。
それが魔王の願いだから。
私たちは手出ししない。
ただ、見守るためにこっそり極小サイズの分体だけ、ついて行かせた。
死ぬなよ、魔王。
さて、私は私でできることをしよう。

王2　実験動物だった王

ポティマス・ハァイフェナスという男は、不本意ながら私の人生と切っても切り離せないくらい大きな割合を占めている。

生まれてからこれまで、ずっとあの男の影が常に付きまとっていた。

なぜならば、非常に不本意で認めがたいことだけれど、あの男と私は血縁上の父娘なのだ。

とは言え、あの男が私のことを娘として扱ったことがあるかと言えば、否だ。

今となっては確かめる術もないしどうでもいいことだけれど、おそらく戸籍などの登録もしてなかったんじゃないかと思う。

つまり、認知されていなかった。

それもそのはず、あの男にとって私はただの実験動物だった。

私の最古の記憶は、どこかの実験室か何かのベッドに寝かされている場面。

もうさすがに細部を覚えているわけじゃないけれど、私はその実験室みたいな場所でずっと寝かされていた。

寝かされていたというか、寝てる以外に選択肢がなかった、が正解かな。

私は起き上がれもせず、日がな一日ベッドの上の住人。

物心ついた時にはすでにその状態だった。

幸いにしてテレビがつけっぱになっていたからか、自然と言葉は理解できるようになっていた。

ポティマスが私に見せる番組を教育系に偏らせていたこともあって、ベッドの上にいながらそこそこの知識は身についていた。

それすらもポティマスにとっては私がきちんと人並みの知能に成長するかどうかを観測する実験の一環だったんだろうけど。

そう、実験。

私は実験目的で生み出された。

母親は、知らない。

そもそもいるのかさえわからない。

というのも、私は純粋な人間ではないからだ。

当時ポティマスが研究していた、キメラ。

別々の動物の因子を掛け合わせて、新たな種を生み出すという実験。

私はその実験によって生み出された、キメラなのだ。

父親がポティマスというのは、ポティマスが母親を孕《はら》ませて私が生まれたという意味じゃない。

ポティマスの遺伝子をベースにしてキメラを作り出したというだけの話。

私が試験管の中で生まれたのか、それともちゃんと母体がいたのか、今になってはもう知るすべはない。

おそらく前者に近い、母体を使わない何らかの方法で生まれたんだとは思うんだけど。

私の体質からして、おそらく母体のほうがもたないだろうし。

私の体質、私が寝たきり生活を余儀なくされていた理由。

それは、毒だ。

私はポティマスの遺伝子をベースに、様々な生物の因子を掛け合わされたようなのだけれど、その中でも特に強く特徴が出たのが蜘蛛の因子だったらしい。

私の体はその蜘蛛の毒を生成する能力があった。

私の見た目は完全に人間だったし、毒以外の特徴は出ていなかったため、それが蜘蛛の因子によるものだとは当時知る由もなかったけれど。

それがわかるのは、後々システムが稼働して、スキルや称号で蜘蛛関連の文言が出てきてからのことだ。

それまでは私の体は毒に蝕《むしば》まれているということしかわからなかった。

そう、私の体は毒を生み出しながら、残念ながらその毒を分解する能力を持ち合わせていなかった。

そのため常に体を毒に蝕まれた状態で、日常生活を送ることさえ満足にできなかったのだ。

ベッドに寝かされ、点滴によって栄養と毒を中和する薬を補給されなければ生きられない体。

生きているというよりかは、生かされているという体だった。

たまに採血なんかされたりして、まんま実験動物の扱いだったね。

そのうち私の体のデータをとり終わったら殺処分されてたかもしれない。

あの男に情なんてもんはない。

幸いなことに、私はそうなる前にサリエル様に救出された。

ポティマスはあの男にしては珍しく、私が救出される少し前に大きなポカをやらかしたらしく、捜査の手が世界中に伸びていた。

そして、世界中で私と同じような実験動物扱いされたキメラの子供が発見され、その保護をサリエル様が率いるサリエーラ会が請け負っていたのだ。

キメラは私のように特殊な事情を抱えている子供も多く、通常の孤児院で引き取るわけにもいかず、医療機関との連携がなければならなかった。

さらに私たちのようなキメラの社会的な扱いも当初はどうすればいいのか難しく、世界中で保護されているために国籍などの所属でもめていたのだ。

中には危険だったり有用だったりする特徴を持った子供もいたため、キメラたちの取り扱いには慎重にならざるをえなかった。

そこで白羽の矢が立ったのが、世界中で活動しつつ、どこの国にも所属していない慈善事業団体、サリエーラ会。

サリエーラ会は医療にも携わっており、さらに孤児院の運営にも携わっていた。

そしてどこの国にも所属していないため、完全な中立の立場。

キメラたちを生物兵器として扱うこともまずない。

これほどキメラの託し先として適した組織はなかった。

中には有用なキメラを自国でかくまおうとした国もあったそうだけれど、他ならないサリエーラ会の会長であるサリエル様が率先して現場に駆け付けていたため、とり逃しは少なかった。

全くなかったわけではなかったということが判明するのは、やっぱりシステムが稼働した後のこと。

さすがのサリエル様やサリエーラ会でも、すべてを救いきることはできなかった。
でも、それでも、サリエル様はできうる限り私たちを救出して、拾い上げてくれた。
私のようにそのうち肉体的に死んでいただろうキメラたち。
私のようにそのうち精神的に死んでいただろうキメラたち。
結末は悲惨だったけれど、私たちは確かにサリエル様に拾ってもらって、救われた。
名前もない孤児院に集められたキメラたち。
彼ら彼女らこそが、私の兄弟。
あの孤児院での日々こそが、私の人生の中で最も幸福な時間だった。
だからこそ、その幸福な時間を奪ったポティマスを許すことはない。
必ずこの手で奴《やつ》を葬る。
……必ず。

「無様だな」

どこかに設置されているのだろうスピーカーから聞こえてくる、不愉快極まりない声。

「所詮《しょせん》貴様はその程度だ。私が警戒するのはギュリエディストディエスだけだ。正真正銘の神を想定して準備してきた私に、よもや本気で勝てると思っていたのか？　だから貴様はいつまでたっても小娘だというのだ」

いつになく饒舌《じょうぜつ》なのは気のせいか。

それだけ嬉《うれ》しいのかもしれない。

「とは言え、長年の付き合いだ。手向けで手を抜くのは失礼というものだ。全力で屠《ほふ》る価値が貴様にはあると思っている。対ギュリエディストディエス用に作り上げたこのグローリアタイプΩ《オメガ》を使おうと思うくらいには、貴様のことを評価していた」

嬉しくない評価を淡々と語るスピーカーの声。

私の目の前には、まるで見下すかのように佇《たたず》む機械兵器。

「感慨深いものだ。長年の付き合いが、今日この時に終わる。外もじきに片が付く。さようならだ、我が最大の失敗作」

そして、機械兵器がその刃を私に向けて振り下ろした。

間章　ポティマスの実験

人はいつか死ぬ。
それは変えられない。
ならば死なないためにはどうすればいい？
簡単なことだ。
人を超えた存在になればいい。
幸いにしてこの世界には龍という、明らかに人を超えた存在がいる。
しかも、それは観測する限り寿命などない種族だ。
龍の遺伝子を人に組み込むことができれば……。
そのために実験をし続けた。
ある時はクローン技術で生み出した私のクローンで。
ある時はそのクローン技術の応用で生み出した、私の遺伝子を受け継いだ子供で。
ある時は全く関係のない孤児で。
だが、成功しない。
私の求めている永遠の命には程遠い。
そこにたどり着くまでは、何度でも実験してやろう。
幸い、実験動物には事欠かない。

黒2　一人語り　はぐれ天使と龍

なかなかに衝撃的な出会いをした私とサリエルだが、その後はどうしたのかというと、何のことはない。

私が力の差を感じ取って矛を収め、降参したのだ。

ちょうどタイミングよく奪還に動いていた人間たちが、子供の奪還に成功したこともあって、その場はうやむやのままに別れることになった。

私は奪還された子供を人間から引き取らねばならなかったし、サリエルのほうも事件が終わったとみるや否やすぐに姿を消したからな。

それ以上の交流はなかった。

そして以降、交流する機会も普通に考えればなかった。

サリエルと龍はいわば冷戦状態の間柄だ。

わざわざ接触しようとしなければ、お互いに交流することはほぼない。

龍の若造がサリエルと公式に対面する機会はないというわけだ。

だが、非公式であれば話は変わる。

私は同じ龍以外に吹っ飛ばされるなんて経験はしたことがなかったからな。

サリエルに対して興味を抱いたのだ。

まあ、それだけ衝撃だったというわけだ。

もちろん、その時はまだ恋愛感情などあるわけがない。

自分を吹き飛ばした相手に惚《ほ》れるような特殊な性癖はしていないいつもりだ。

興味、というよりも、警戒感からの行動だったのだろうな。

龍という狭いコミュニティーで暮らしていた私にとって、サリエルという存在は外で初めて出会った外敵だったのだ。

外敵に備えるのは生物の本能だろう？

そういうわけで、私はサリエルのことを調べ、監視し始めたのだ。

後々、その行動をある人物にストーカー呼ばわりされて衝撃を受けることになるのだが、それもまた今になってみれば笑い話のいい思い出だ。


サリエルがいつからこの星にいるのか、正確なところはわからない。

龍がこの地にやってくる以前からいたのは間違いない。

人類史を繙《ひもと》いてみると、そこかしこにサリエルらしき人物の描写がある。

つまり、人類が歴史を残し始めた時にはすでにいたことになる。

では、サリエルとは何者なのか？

サリエルの正体は天使だ。

それも、天使の集団からはぐれた、はぐれ天使と呼ばれるものだ。

天使とは何か？

そう聞かれても私は明確な答えを出せない。

龍とは何か？　人とは何か？

そう聞かれて明確な答えが出せないのと一緒だ。

そのような哲学的なことを抜きにして答えるのであれば、種族としての天使の特徴を語ることになるだろう。

天使とは、一言で言えば対神戦闘種族だ。

天使はなぜか神という存在を滅ぼすことを使命とし、神々と終わらぬ闘争を繰り広げている。

神であれば所属など関係なく、見境なく襲い掛かるそうだ。

私はサリエル以外の天使を知らぬのでな。

伝聞でしかない。

天使がなぜそんなにも神々を敵視するのか？

その理由はわからない。

そもそも天使という種族は謎が多い。

天使本人ですら理解していないことが多いそうだ。

古き時代、私が生まれるよりもはるか昔、天使たちは唐突に現れたと言われている。

その出現の仕方や、使命に忠実に従うその在り方から、何者かが生み出した神造の種族なのではないかとも言われている。

あるいはその何者かというのは宇宙そのものであり、神という宇宙の中にありながら宇宙そのものを破壊しかねない存在に対抗するために作られた、抗体のようなものなのではないかという説すらある。

いずれにせよ、真実は私の知るところではない。

天使という種族の成り立ちはそんなところだが、天使の特徴として最たるものが、その戦闘能力の高さだ。

龍を含むすべての神々を敵に回してなお、種として存続できているほど、天使は強い。

末端の天使ですら神の領域にあり、それが集団で襲い掛かってくるそうだ。

サリエルはそんな天使の中でも上位の戦闘能力を持っていた。

かつてこの地にいた私の上司である龍たちが、ひっそりと過ごしていたのは他でもない、サリエルに滅ぼされないためだったのだ。

サリエルは単騎でこの地にいた龍たちを全滅に追いやる力を持っていたらしい。

そして、そのサリエルの使命こそが、在来種の保護。

これがあるからこそ、龍は人間に迂闊《うかつ》な手出しができなかったのだ。

天使というのは不思議なもので、使命というものを与えられて活動している。

その使命を達成するために手段は選ばない。

いささか柔軟性に欠けるくらい、愚直に使命に忠実に行動する。

普通はその使命を達成すれば、また違う使命を受領して行動を始めるそうなのだが、まれに一つの使命にとらわれる天使がいる。

そうなると、すでに達成している使命を続けようとしたり、達成不可能な使命に延々挑戦し続けたり、はたから見れば不毛としか言いようがない行動をとる。

そうして他の天使たちからはぐれ、単独行動をとるようになった天使のことをはぐれ天使と呼ぶ。

サリエルははぐれ天使だ。

サリエルの使命は在来種の保護。

外来種たる神が大昔にこの地に攻め込み、支配をもくろんだのだろう。

それを防ぐためにサリエルが派遣されてきた。

おそらく、本来であればその神を撃退した時点でサリエルの使命は達成扱いとなり、別の使命を与えられて他の地に移っていく手はずだったのだろう。

しかし、何らかの手違いか何かが起こり、サリエルはこの地にとどまり続けた。

与えられた使命である、在来種の保護を続けながら。

天使は横のつながりが薄い。

皆無と言ってもいい。

ゆえに、一度はぐれになった天使を他の天使が回収に来るようなことはない。

サリエルほどの上位の天使でさえ放っておかれる。

逆に横のつながりが強い龍からしてみれば、不思議議にすら見えるほど種としての協調性がない。

もっとも、はぐれ天使ならぬはぐれ龍となってしまった私が言うことではないだろうが。

そういった天使の横のつながりの薄さのせいでサリエルは長い間放置され、サリエルの保護のもと在来種である人間は勢力を拡大していった。

そこに目を付けた龍がこっそりと移住してきた。

今となっては上層部の意向がどうだったのか知るすべはないが、おそらくサリエルのこともあわよくば取り込みたかったのだろうな。

龍は自分たちこそが頂点だと思っているが、龍以外の種をないがしろにしているわけではない。

自分たちを頂点と定めているからには、下々のものたちを導く義務があると思っている。

龍以外が聞けば傲慢《ごうまん》に思えるだろう言い分だが、庇護《ひご》下にあるものに対して龍は寛大だ。

飴《あめ》と鞭《むち》、ではないが、敵対するものには容赦しないが、うちに入り込んだものには最大限の庇護を約束する。

そして寿命が長いため、時間をかけて徐々に支配力を強める方策をとることもある。

この地でも、少しずつ人間を取り込み、龍による支配圏を広げていき、やがてサリエルが保護する在来種全体を龍が支配するという構図にもっていきたかったのだろう。

そうなれば、在来種を保護するサリエルも自動的に龍の支配下に置かれることになる。

実際のところは狭い領土を支配できていただけなので、実に遠大な計画だったのだが、それは人間視点の話で寿命のない龍にとっては多少時間がかかる程度の認識だっただろう。

人間の世代交代は早いからな。

数代経《た》つだけであっという間に別物に変貌《へんぼう》する。

当代が龍に嫌悪感を抱いているのならば、その子供、孫、ひ孫、と、少しずつ認識を変えていって徐々に懐柔していけばいい。

残念ながらそうなる前にポティマスがすべてひっくり返してしまい、どうにもならない状況になってしまったわけだが……。

たまに、考えることがある。

もし、ポティマスがこの世界の在り方を変えることなく、あのままサリエルと龍の微妙な均衡が保たれていたのならば、どうなっていたのだろうかと。

サリエルは、おそらく変わらなかっただろう。

私はある人物にそれを期待されていたが、私ごときにサリエルを変えることはできなかっただろうと思える。

世界が変わることなく今まで続いていたのならば、サリエルもまた変わらずに在来種の保護を続けていただろう。

そうなると、私はどうしていただろうか？

……わからないな。

我がことながら、そんな状況の自分がどうしているのか、全く想像がつかない。

そもそも、世界の変革がなければ、今の私はない。

それがあったからこそ今の私が形成されているのであって、それがなかった場合の私などもはや別人だ。

想像できないのも仕方がなかろう。

どちらにせよ、あったかもしれない未来に思いをはせてもしょうがない。

しょせん、あったかもしれない未来であって、現実にはなかった空想の話だ。

……だいぶ話がそれたな。

いかんな。

ダスティンの癖が私にも移ったか？

とにかく、天使やはぐれ天使、龍の思惑についてはこんなところか。

では、実際にサリエルが行っていた在来種の保護とはどんなものか？

人類史のそこかしこにサリエルらしき人物の描写があるのは先に述べたとおりだが、その登場の仕方や逸話はいろいろとある。

ある時は奇跡を起こして人々を救ったり、ある時は逆に魔女として扱われたり。

比較的初期のほうの逸話では獣の乱獲に対して人間に警告したのち、天罰を与えたというものもある。

この頃《ころ》のサリエルは生態系のバランスなどを気にかけ、在来種全体に目を向けていたようだ。

しかし、いつのころからかサリエルの保護対象は人間に比重が偏り始めていく。

愚直なまでに使命を全うする天使という種族だが、自我や思考がないわけではない。

であれば、意思の疎通が可能な人間に肩入れしたくなる気持ちがあってもおかしくはない。

人類史を繙いていくと、サリエルは人間との付き合い方を模索している節がある。

大規模な干渉は人類史の古い記録に多く、時を経るにつれてそういった事例は少なくなっていっている。

神としての力を振るうよりも、人に合わせて活動したほうがいいと判断していったのだろう。

そして、私がサリエルに出会った当時では、神としての力を表向き振るうことはほぼせず、サリエーラ会という慈善事業団体を立ち上げ、その会長として活動していた。

サリエーラ会は特定の国家に所属せず、世界中で活動している。

その活動内容は、医療全般、貧困地域への支援、教育機関の設置推進、孤児院の運営、介護施設の運営、などなど。

幅広い分野で活動していた。

サリエーラ会のトップであるサリエルの目的が在来種、人間の保護であるため、営利を目的とせず、利益度外視でそれらの活動をしていた。

そのため国際社会からの信頼も厚く、一部の国の上層部はサリエルの正体を知っていたがために、サリエーラ会は大きな存在感を持っていた。

しかし、いくらサリエルの目的が営利ではないとはいえ、サリエーラ会の経営には金がかかる。

サリエーラ会の運営資金の出どころは様々なところからの寄付で賄われていた。

そして、その最大の出資者が、当時財界の魔王と恐れられた大富豪、フォドゥーイ。

彼が巨額の出資をしていたことによって、サリエーラ会は利益のほとんど出ない半ばボランティアのような活動を続けられていた。

当時の人々から見て、サリエーラ会は救いの神のように見えただろう。

実際にトップが神に等しい力を持った天使であるサリエルなので、その認識は間違いではない。

サリエーラ会の会長であるサリエルには人望が集まっていた。

しかし、当時の私にはそのサリエルのやり方が、あまりにも迂遠《うえん》で非効率なものに見えた。

人間を保護したければ、もっと単純に、力で支配してしまえばいいのではないかと思っていたのだ。

それができる力をサリエルは持ち、さらにサリエーラ会には組織力もすでにあった。

仮に龍が同じ条件の立場にあったのならば、迷うことなく支配を実行しただろう。

当時の標準的な龍の思考をしていた私がそう思ったのだから、間違いない。

ただ、私のこの考えは見当違いだったと言わざるをえない。

支配下に置いて安寧の鳥籠《とりかご》の中の生活を用意しようと考える龍と、あくまでも人間の手助けをするにとどめ、人間の自立を促していたサリエルと。

根本的に目指していた終着点が異なっていたのだ。

真逆と言ってもいい。

当時の私にはそれが理解できていなかった。

しかし、どちらが正しいのか、その答えは未だに出ない。

離反した私が言えた義理ではないが、龍のやり方もまた間違ってはいないのだ。

さりとて、サリエルのやり方が間違っているわけでもない。

庇護か、自立か。

これればかりはその立場に置かれた人間がどれほど幸福を感じられるかという、その本人にしかわからないことだ。

しかも両方を経験してみなければ結論は出ないであろう。

両方を経験することなど難しい。

さらに、たとえ両方を経験したとしても、出す結論は個々人で異なることが予想される。

人間というものは同じ種でありながら、個人で思考や感性が大きく異なる。

そのため、大きなくくりで人間と一緒くたにすると失敗する。

サリエルはそうした失敗を繰り返したのだろう。

龍であれば多少の失敗をしても、力で押さえつけてしまうという選択をとる。

庇護下のものたちには甘い龍だが、牙《きば》を向けるものたちには容赦しない。

龍にひとたびでも牙を向けたものたちは、庇護下のものとは思わない。

そこには明確な線引きがあり、龍が上で、その他が下という区切りがある。

それが龍の支配の仕方。

しかし、サリエルはそれをよしとはしなかったようだ。

力で押さえつけるのではなく、寄り添う形を選んだ。

サリエルの目的が在来種の保護という観点からすれば、龍のように力で押さえつけるやり方は愚策であった。

保護すべき対象を切り捨てなければならないのだから。

為政者であれば時にはそうした判断も必要であろうが、サリエルの使命は人間を導くことではなく、保護することだ。

それがわかっていれば、サリエルの方針にも不満はあれど一定の納得がいっただろう。

しかし、残念ながら当時の私にそれを知るすべはなく、また、龍のやり方こそが正しいと疑っていなかったことから、サリエルのやり方に苛立《いらだ》ちを感じていた。

そして、無謀にも本人に文句を言うため会いに行ったのだ。

これもまた、若気の至りというやつだな。

そこから私とサリエルの本格的な交流が始まったわけだ。

3　決戦・殲滅《せんめつ》

魔王を地下へと送り出し、さて私はどうするかと思案。

やることがないわけじゃない。

むしろやることはいっぱいある。

やることがいっぱいありすぎて、まずは何から着手すべきか迷う。

とりあえず、戦場全体を把握することから始めよう。

万里眼を発動し、エルフの里全体を俯瞰《ふかん》する。

エルフの里の外縁付近、結界があった近くでは、帝国軍とエルフ軍の衝突が起きている。

帝国軍は、かなり苦戦してるなこれ。

やっぱ森の中っていうフィールドがエルフに味方している。

木を伐採しなければ進軍できなかったように、森の中は進みにくい。

戦い始めると草木に足をとられ、普段の力を発揮できない。

帝国軍は平地での戦いに主眼を置いているため、こういった森の中での戦闘には慣れてないっぽいな。

木々に阻まれて隊列もろくにできてないし。

スキルの関係で帝国の兵士はきちんとした兵科ごとに分けられている。

剣士なら剣士。盾士なら盾士。魔法使いなら魔法使い。

役割をもってその役割ごとにきっちりと仕事をこなす。

そして、隊列を組んで効率よく兵科ごとの兵士たちを運用する。

……んだけど、ダメだこりゃ。

剣士はそもそも相手に近寄れないし、盾士が構えた盾を避けるようにして矢とか魔法が飛んでくるし、帝国軍の魔法使いの魔法は木々に阻まれてろくに当たらない。

ではエルフのほうはというと、こちらは逆に木々を最大限に活用している。

木々の間を跳びまわり、三次元的な動きで帝国軍を翻弄《ほんろう》。

そして、的確に矢や魔法で敵を仕留める。

森の中での戦いに慣れてる。

ていうか、スキルからして森の中での戦いに特化してる感じだね。

立体機動で木々の間を縦横無尽に飛び回り、弓矢、もしくは魔法によって相手に近づくことなく狙撃。

反撃は回避するか、木を盾にしてやり過ごす。

同じ戦力でも、ここまで地形に最適化された相手じゃ不利だね。

木々のせいで狭いから数の強みは生かしにくいし、数でごり押しも厳しい。

そうなると、フィールドの効果なんてものともしない強さが必要だ。

今のところ善戦しているのは、夏目くんが率いる本隊と、なんかどっかで見たことのある魔法使い爺《じい》の部隊。

あの爺、あれだ、勇者ユリウスの師匠の。

さすが勇者の師匠と言うべきか、バカスカと魔法の乱射でエルフたちを葬っている。

木の守り？

そんなの関係ねえ！　とばかりだわ。

だって、木とか貫通してるし。

見た感じあの爺はまだまだ余力がありそうだし、その気になれば森ごと焦土に変えられそうだな。

ロボとかが出てこない限りはあの爺は放っておいて大丈夫そう。

ただ、それ以外の帝国軍は終始押されっぱなし。

一応エルフにも多少は被害を与えられているけど、戦況は悪い。

当初の想定では帝国軍だけでエルフ軍に相応のダメージを与え、魔族軍がとどめを刺すという感じだったんだけど、このままだと帝国軍を破ったエルフ軍対魔族軍という、割とガチンコ勝負になりそうだ。

まあ、帝国軍には初めからそんなに期待していなかったわけだけど、それでも想定より下回られるとちょっとガッカリ感が……。

どっちにしろロボが出てくれれば本命の魔族軍でさえ数に入れられなくなっちゃうので、帝国軍の頑張りって実はどうでもいいんだよね。

まあ、その本命の魔族軍には鬼くんやメラがいるし、帝国軍にも吸血っ子やフェルミナちゃんがいる。

最終的に苦戦はしても負けることはないだろう。

あっちの本命、ロボが出てこないうちは。

帝国軍はそんな感じだけど、それとは反対方面、クイーン率いるタラテクト群団はと言うと、こちらは帝国軍と真逆にエルフ軍を圧倒している。

そもそもが森の中で暮らしているタラテクトたちだもん。

私も立体機動のスキルを取得する前から壁登りとか普通にできたことからもわかるように、タラテクトという種族はもともと障害物の多い地形に強い。

障害物が多ければその分糸も張りやすいしね。

いくらエルフたちが森での戦いに慣れているとはいえ、生態として森に馴染《なじ》んでいるタラテクトたちのほうに分がある。

加えて、タラテクト群団にはクイーンを筆頭に、エルフたちじゃどうしようもない戦力がそろっている。

エルフたちが束になってかかればグレーターくらいなら対処できるだろうけど、その上のアークは厳しい。

しかも、それはあくまで一対多数でかかればの話。

実際にはタラテクト群団のほうがエルフたちよりも数が多いので、割とどうしようもない。

エルフたちはろくな足止めもできずにタラテクト群団の波に飲み込まれて行っている。

こう、無数のタラテクトが森を埋め尽くす勢いでうぞうぞと進軍する様子は、なかなかに鳥肌もんだね。

……うん。こっちは問題なし。

では、エルフの里の中の動きは？

まず山田くん一行。

どうやら山田くん一行は転移陣がある場所を守っていたようだ。

が、草間くんに出し抜かれて転移陣は爆破されてしまった。

直後に結界がなくなったことを察して、今は竜形態になった漆原《しのはら》さんの背に乗って外縁部に向かっている。

進行方向からして夏目くんがいるあたりだな。

その夏目くんは現在先生と死闘を繰り広げている。

吸血っ子がそばにいるし、先生が死ぬような事態にはならないだろう。

ていうかそんなことになったらぶっ殺す。

山田くんたちの向かう先が夏目くんのところならば、吸血っ子がいるし、魔王とも鉢合わせる心配はないし、放っておいて大丈夫そうだな。

そしてエルフの里内部のエルフたちには、これといって大きな動きはない。

たぶんロボのこととか知らないのだろう一般エルフたちは、家にこもって不安げな表情でソワソワしている。

戦える人員はほとんど前線に出払っているらしく、残っているのは必要最低限の警備と非戦闘員だけだ。

ロボは、いない。

ふむ。これはチャンスでは？

ロボが出てきていない今のうちにエルフの里にいるエルフたちを全滅させられるかも。

エルフという種族はポティマスの眷属《けんぞく》だ。

だから先生以外は全部抹殺する。

これは決定事項。

非戦闘員だろうが子供だろうが老人だろうが、分け隔てなく全滅させる。

そんなターゲットどもが、ろくな守りもなく家に引きこもっている。

これが狙《ねら》わずにいられるだろうか？

否、ない。

というわけで、私の行動決定。

ヒャッハー！　狩りの時間だー！

人形蜘《ぐ》蛛《も》姉妹を引き連れ、エルフの里の居住区に向かう。

私たちのスピードであれば、エルフの里の外縁から居住区のある所まではすぐだ。

あっという間に目的地に到着。

見張りをしていたエルフの警備兵が、何かをする前にアエルがその首をはねる。

……今の警備兵、自分が死んだことにも気づかなかったんじゃなかろうか？

いまいち活躍の場がなくて実感しにくいけど、人形蜘蛛たちはこれでもステータス万超えの化物だからなー。

そして、今まで活躍の場が少なかった反動で、今回ものすごく張り切っている。

今も警備兵の首をはねたアエルは「ふんす！」とでも言いそうな雰囲気だ。

かわいいけどやってることは首はねってていうね。

では、そんなやる気十分な姉妹たちに働いてもらおう。

「散開」

私の号令に合わせ、四人が散っていく。

少しでも効率よく事を進めるためにも、別れて行動したほうがいい。

ロボが出てきてもあいつらなら一対一で負けるようなことはないだろうし、多数を相手にしても逃げ延びるくらいの能力はある。

そして、私は私で行動を開始。

人形蜘蛛たちが行ってない方向に進み、一直線に駆けていく。

そして、駆けながらボトボトと戦闘用分体をばら撒《ま》いていく。

いくら人形蜘蛛たちが強くても、広いエルフの里の居住区を制圧するには人数が少なすぎる。

それを補うために、私の戦闘用分体があちこちで暴れ始める。

ロボが出てこなければ戦闘用分体にも人形蜘蛛にも対抗できる戦力はエルフたちにはない。

エルフの里の居住区は広いけれど、制圧するのにさほど時間はかからないだろう。

戦闘用分体にしても人形蜘蛛にしても、エルフが相手では戦闘にならない。

蹂躙《じゅうりん》だ。

それも移動の片手間で済んでしまう。

通り過ぎるついでに首をはねるだけの簡単なお仕事なのだ。

で、私は居住区を突っ切ってそのままさらに奥へと進む。

戦闘用分体のばら撒きはここでいったんストップ。

向かう先は、転生者たちを隔離している区画。

彼らを保護しておかないと、追い詰められたポティマスが何をしでかすかわからないからね。

今のところ転生者たちに何かをしでかす雰囲気はないけど、先回りして確保しておいたほうが何かと安心だ。

というわけで、転生者たちの保護区域に到着した私は何も言わずに転生者たちを全員異空間に放り込んだ。

たぶん放り込まれた転生者たちは何が起きたかわからなかったと思う。

私の顔を見られる前に放り込んだし。

……雑だって？

まあ、今は有事ですので……。

一応この異空間が一番安全ですし……。

けっして転生者たちと顔を合わせるのが面倒だとかそういう理由でやったわけじゃない。ないったらない。

ちゃんと何日か分の水とか食料は入れてあるし、寝泊まりできるようにしてあるから。

最悪私が死んだとしても、ちゃんとこの世界の安全な場所に放り出されるようにしてある。

そうなるつもりはさらさらないけど。

これで転生者たちの確保は済んだ。

後顧の憂いなく暴れることができる。

私が踵《きびす》を返し、居住区に戻ったころには、あらかた掃除が終わっていた。

……ふむ。

てっきり掃除が終わる前にロボが出てくるだろうと思っていたけど。

まさかもうロボの在庫が切れた、なんてことはないだろう。

あのポティマスがそんなみみっちい戦力しか持っていないなんてありえない。

地下に向かった魔王を全戦力で迎え撃っている、というわけでもない。

魔王につけた超小型の監視用分体が見ている限り、魔王が相手にしているのがポティマスの全戦力であるとは思えなかった。

まだポティマスは戦力を温存している。

……なのに、出てこないのはなんでだ？

疑問に思いながらも、居住区の真ん中あたりに降り立つ。

人形蜘蛛姉妹も全員集合した。

返り血すら浴びてねーわこいつら。

それどころか手にした剣にも血がついてないけどどういうこと？

あれか？　血が付く間もなく瞬時に切ってるとかそういう？

ないと言い切れないのが恐ろしいところ。

あたりを見回すと、でっかい木をくりぬいてそのまま家にしたメルヘンなエルフの里の居住区に、血の海が広がっていた。

こいつはひでーや。

まだ完全に制圧が完了したわけではないけど、わずかに生き残ったエルフたちも戦闘用分体が着実に追い詰めて狩っている。

こうなってくると、ポティマスはあえて表のエルフたちを見捨てたと考えるのが妥当かな。

その私の考えを肯定するかのように、このタイミングで居住区の道がパカッと割れ、地下へと続く穴が出現する。

そこからロボがはい出してくる。

ポティマスがエルフたちを見捨てた理由は不明だけど、ここからが本番ってことだ。

出現したロボの前に、人形蜘蛛たちが進み出る。

人形蜘蛛たちも今回は張り切ってるし、虐殺だけじゃなくてちゃんとした戦いをしたいのかもしれない。

それならロボの一体ぐらいなら任せてもいい、か……。


ガチャンガチャンとけたたましい音がそこかしこから響き渡り、大量のロボが地下から出てくる。


……多くね？

しかもこの場だけでなく、エルフの里全体で同じようにロボが大量出現していた。

ざっと万里眼で見回してみただけでも、万単位の数のロボがひしめいている。

……多すぎじゃね？

さっきぶっ壊してみて脆《もろ》いと思ったけど、こいつら量産型だったかー。

大量生産可能でしたかー。

それにしたって多いと思うな！

人形蜘蛛たちが顔を見合わせる。

そして、ササッと私の後ろに避難してきた。

……君らさっきまでのやる気はどうした⁉

イヤ、まあ、うん……。

さすがの人形蜘蛛たちでもこの数はちょっとムリくさいと思うけど……。

一対一ならたぶん勝てるし、一対二、ムリすれば三体くらいまでなら同時に相手にすることはできると思う。

けど、この数はないわー。

ちょっと想定以上なんですけどー！

私のそばにいる人形蜘蛛たちはいいとして、帝国軍とか魔族軍のほうは危ないかもしれない。

吸血っ子や鬼くんでも、この数はやばいぞ……。

そう考えているうちに、ロボがこちらに銃口を向ける。

そして、居並ぶロボの銃口が一斉に火を噴いた。

王3　仲間がいた王

『次のニュースをお伝えします』

孤児院の居間は広々としていた。

それに合わせてそこに設置してあるテレビも大型だった。

私はそのテレビをよく見ていた。

車椅子生活を余儀なくされていた私にとって、他の孤児たちと同じように駆け回って遊ぶことはできなかったからだ。

孤児院に引き取られた私は、それまでのベッドの上の生活とは別れを告げた。

でも、体がよくなったわけじゃない。

それまでの実験目的ではなく、きちんとした治療目的で検査をし、新たに薬を処方されたことで、寝たきり生活から車椅子生活にランクアップした。

多少ならば杖《つえ》を使って自力で動くこともできるようになっていた。

それでも常に薬と栄養剤の点滴は外すことができない。

勝手に作り出されてしまう毒に抵抗するため、解毒の薬と体力を補う栄養剤は必須《ひっす》だった。

質《たち》の悪いことに、毒を作り出すために私の体は常人よりも多くの栄養を必要とした。

栄養を取らねば毒ができなくなるのかと言えばそういうわけでもなく、毒を作り続けたうえで栄養失調になっていく。

点滴で常に栄養を補給し、さらに消化のいい流動食をとってようやく体を保つことができる。

あいにくと体の成長に回すだけの栄養は確保できず、私の体は今でも小さいままだ。

一応、全く成長しなかったわけではない。

体の成長に伴い、多少は体力がついたからこそ、短時間だけでも杖を使って動けるようになったのだから。

それでも、一日の大半は車椅子の上で過ごしていたわけで、そうなると必然的にできることが限られてしまう。

居間でテレビを眺めているのは私ができる数少ないことの一つだった。

『ダズトルディア国大統領ダスティン氏が未明、会見を行いました』

テレビの他に読書や刺繍《ししゅう》もしていたけれど、何もせずに画面を眺めているのが私は好きだった。

孤児院に来る前はずーっとテレビを眺めているのが当たり前だったせいか、むしろそうしていないと落ち着かないほどだった。

『我が国でのMAエネルギーの使用は引き続き許可しない。MAエネルギーの発見者であるポティマスが何をしたか、お忘れか？　MAエネルギーには謎が多い。どんな害があるかわからないものを認めるわけにはいかない』

テレビから視線を外し、孤児院の庭を見れば、そこでは様々な特徴を持った子供たちが駆けまわっていた。

孤児院に集められたのはポティマスの実験によって生み出されたキメラたち。

私は外見にそうとわかる特徴はなかったけれど、子供の半数は一日で普通の人間ではないとわかる特徴があった。

耳が長くとがった女の子が、緑色の肌の男の子を追いかけまわしている。

ピンク色の髪の男の子があらぬ方向に投げてしまったボールを、全身が毛で覆われた男の子が大人の背丈を超える高さまで軽々と跳躍してキャッチ。

こういった光景は孤児院の中では当たり前になっていた。

キメラの抱える身体的な欠陥の治療ができるよう、病院としての機能もある孤児院はかなり広い。

庭も広々としていて、普通の人間以上の身体能力を持つキメラの子供たちでものびのびと遊ぶことができた。

それまでポティマスに軟禁され、ろくに自由に動き回ることができなかった子供たちは、孤児院の庭で思う存分遊び倒していた。

ただ、私と同じように健康上の理由でそれに交じれない子供たちもいた。

幸いなことに子供たちの間にわだかまりはなく、動けるものも動けないものも等しく仲が良かった。

同じ仲間で同類だという想《おも》いが強かったんだと思う。

キメラは一人一人特徴が異なる一種一人だけとも言えたけれど、同じキメラというくくりは連帯感を強めた。

それに、幼少期に普通の子供と接する機会がなかったせいで、人によって特徴が大きく異なるのだということが、私たちの中で常識になっていたのもプラスに働いた。

私たちキメラはあまりにも特徴が違いすぎて、差別という概念が生まれなかったのだ。

怪我の功名とでも言うべきかな。

普通の子供なら学校に通い、そこで世間のことを知っていく。

いくらテレビなどの情報媒体があっても、直に見聞きしたものでなければ実感はしにくい。

だから、ある意味世間と隔絶されていた孤児院の子供たちは、とても世間知らずで常識知らずだった。

それが悪いかと言えばそうでもなかったし、その後世界の在り方が変わってしまったためにそれまでの常識なんてあってもなくても困らなかった。

『ダズトルディア国ではダスティン大統領の強硬な反対姿勢により使用が禁止されているMAエネルギーですが、導入する国が増えており……』

ぼんやりとテレビから流れるニュースを眺めていたその時には、そのMAエネルギーとやらが世界に大混乱をもたらしていることも、その後さらなる混沌《こんとん》を呼び寄せることになることも知らなかった。

知っていたとしても、当時の私は車椅子生活の何もできないお子様だったのだから、結果は変わらなかったと思う。

「ほらほらほら！　悪ガキども！　昼飯の時間だよ！」

ドスドスと足音を立てながら、孤児院の院長が庭に出ていく。

院長はふくよかな中年の女性で、元は小児科医だったそうだ。

サリエーラ会が抱えていた医師の一人で、世界中の病院や孤児院を飛び回り、子供たちの治療や健康診断などを引き受けていた。

そろそろ年齢的に世界中を飛び回る体力はなくなりつつあったため、どこかひとところに腰を落ち着けたいという本人の希望もあり、孤児院の院長になったという経緯がある。

もともと小児科医だったこともあり、子供の相手はお手の物。

医師であるため、私たちの診断もこなせる人材だった。

「ほらほらほら！　とっとと中に入って！　手洗いうがい！」

大きな体に見合ったパワフルな人だったという記憶がある。

院長に促され、みんながキャーキャー騒ぎながら中に入ってくる。

その中にはサリエル様の姿もあり、子供たちにもみくちゃにされたのか、服は皺皺《しわしわ》ドロドロ、さらに頭にはなぜか花が何本か突き刺さっていた。

「誰だい⁉　サリエル様を花瓶にしたバカは⁉」

「否。プレゼントです」

院長の言葉を否定するサリエル様。

きっと、誰かがサリエル様に花をプレゼントしたんだろう。

ただ、その方法が悪く、茎が付いたままサリエル様の頭に刺したせいで、珍妙なことになっているだけで。

「やるんならせめて茎をとるか花冠にしな！」

「はーい」

サリエル様を花瓶にした犯人の子が、しょんぼりしながら返事をした。

それを男子連中がゲラゲラ笑う。

その男子たちの頭に院長の拳骨《げんこつ》が落ちた。

「あんたたちはあんたたちでこんな泥まみれになって！　サリエル様の泥もあんたたちの仕業だろう⁉　昼飯の前に風呂《ふろ》だよ！」

そう言って、特に泥だらけになっている二人の子たちを、両脇にそれぞれ担いでのっしのっしと風呂場に連行していく。

騒がしい。

けれど、それは見慣れた光景だった。

みんなが笑いあっていて、私はそれを見るのが好きだった。

それまでの、たった一人でベッドの上にずっとい続けた、あまりにも冷たい生活と比べて、孤児院での暮らしはとても温かかった。

いつまでもその温かな暮らしが続けばいいと、そう思っていた。

『ＭＡエネルギーの使用について、ダスティン大統領を批判するデモが起きています』

しかし、その願いはむなしく、崩壊はすぐそこまで迫っていた。

黒3　一人語り　財界の魔王の壁

サリエルと私の関係を語るうえで外せない人物がいる。

アリエル？

いや。

今でこそアリエルとは長い付き合いとなったが、当時の私にとってアリエルはサリエルが保護した子供のうちの一人という認識でしかなかった。

しかも、あの孤児院出身の子供らはどいつもこいつもあくの強い連中ばかりだったからな。

初代勇者を筆頭に、初代聖女や獣王に扇動王……。

システム稼働直後に暴れまわった連中たちだ。

そいつらに比べればアリエルは影が薄かった。

それも仕方ないことで、当時のアリエルは力のないただの少女だった。

あの混乱期を生き残れただけでも奇跡に近い。

今のアリエルを知っているとにわかには想像しがたいかもしれんがな。

そんなわけで、アリエルの印象は薄かったな。

……話を戻そう。

私とサリエルが本格的に交流をし始める前に立ちはだかった人物がいた。

まあ、ありていに言えば、そいつに私はサリエルに会うのを邪魔されたのだ。

その男の名はフォドゥーイと言う。

そうだ。

サリエーラ会に出資していた大富豪、財界の魔王とも言われた男だ。

とは言え、私がフォドゥーイと出会った時にはすでに奴《やつ》は高齢だった。

財界において恐れられていた全盛期はとうの昔に過ぎ、余生として資産の一部を運用して、その利益のさらに一部をサリエーラ会に出資していた程度だ。

その一部ですらサリエーラ会の運営に大きく寄与していたのだから、フォドゥーイの総資産がいかほどなのか、その片鱗《へんりん》を垣間見《かいまみ》ることができるだろう。

奴がその気になれば、金の力でだいたいのことはごり押しできた。

そして、財界のみならず政界にも太いパイプを持っていた。

奴がバックにいたからこそ、サリエーラ会は大きな力を持っていたと言っても過言ではない。

もっとも、龍である私にとって、人間の資産がいかほどなのかなどということは気にも留めない些事《さじ》だった。

資産などしょせんは人間内でのものだ。

龍である私に札束が意味を成すと思うか？

そういうことだ。

私にとってフォドゥーイも、そこらの人間と変わらぬ有象無象の一人でしかなかった。

出会う前まではな。

私がフォドゥーイと直に顔を合わせたのは、私がサリエルに直接文句を言いに行った時のことだ。

私がサリエルのやり方に不満を持っていたのは前に話した通りだ。

しばらくは観察するにとどめていたのだが、観察すればするほど不満といら立ちは積もり積もり、ある日とうとう我慢の限界を超えた。

そして、直接文句を言うためにサリエルのもとに乗り込んだのだ。

乗り込んだ先はサリエーラ会が運営している病院で、ちょうどサリエルが視察に赴いている最中だった。

そして、私にとっては不幸なことに、その場にはフォドゥーイが同伴していたのだ。

不幸、そう、不幸だな。

後々の交流のことを考えればその出会いは不幸とは言い難いのだが、それは先のことを知る今の私だからこそ言えることだ。

当時の私にとってその出会いは不幸以外のなにものでもなかった。

なにせ、私の生涯において人間にあそこまで虚仮《こけ》にされたのは、後にも先にもあの時くらいのものだろうからな。

怒るよりも呆気《あっけ》にとられてしまったのは、今となってはいい笑い話だ。

まあ、虚仮にされるだけの理由があったのだ。

なにせ、その時の私の態度が態度だったからな。

「なぜそんなまどろっこしいことをする？」

私が出会い頭にサリエルに言った言葉だ。

喧嘩《けんか》を売っていると捉《とら》えられても仕方がない言葉だろう？

そうでなくとも面倒だと思われても仕方がない。

事実、その時サリエルは私のことを無視して素通りしていったよ。

サリエルに付き従うようにしていたフォドゥーイも、私に一瞥《いちべつ》をくれることなく横を通り過ぎて行った。

「おい！　待て！」

まあ、当時の私にとって無視されるというのは我慢ならない侮辱だったから、大声で呼び止めたさ。

先に無礼を働いたのは私のほうだというのにな。

だが、まだこの時点ではフォドゥーイは呆《あき》れこそすれ、怒りはしていなかっただろう。

その次に私が放った言葉こそが、奴の逆鱗《げきりん》に触れたのだ。

「貴様ならば救えたはずだ！　なぜ見殺しにした！」

どういう意味か？

その場所はサリエーラ会が運営する病院だ。

サリエルはその視察に赴いていた。

そして、サリエルはそこで、前回の視察の時に見舞った子供が、病死したことを知らされたのだ。

その前回のやりとりも、私は千里眼で盗み見ていた。

「お姉ちゃんありがとう」

「お礼は不要です。これが私の使命ですので」

「またね」

「ええ、また」

そう言って別れたサリエルと子供だが、再会がかなうことはなかった。

子供は難病だった。

しかし、それは人間基準で言えばの話だ。

サリエルの力をもってすれば、その子供を完治させることだってできたはずなのだ。

私がサリエルの活動を回りくどいと思い、歯がゆく思っていた最たる理由がそれだった。

病院など経営せずとも、サリエルがその気になれば救える命がもっと多くある。

それなのに、サリエルはそうしない。

そのくせ、その日、サリエルは子供の死を聞いて、わずかに悲しげな表情を浮かべたのだ。

救えた命を救わなかったくせに、そのような表情を浮かべる。

私には、それがひどく不愉快だった。

だから、ああして怒鳴り込んだのだ。

「病院では静かにしましょう」

しかし、私の叫びに対する返答は、全く関係のない内容のものだった。

いや、その場が病院だったことを考えれば至極まっとうな意見なのだがな。

それでも私はあの問答でそのような言葉が返ってくるなど予想もできなかったよ。

私はサリエルしか天使を知らないが、天使というものが理解しがたい存在であるとはっきり認識したのはあの時かもしれぬ。

「そんなことはどうでもいい！」

何とも言い難いかみ合わなさをごまかすように、私はなおも叫んだ。

そしてサリエルに詰め寄り、お前ならば病人を治すことなどたやすいだろう、と、そのようなことを言い募ったな。

「もう一度警告します。ここは病院です。病院では静かにするのが常識です」

しかし、サリエルは無碍もなかった。

「それと、ここは内科と外科の病院です。頭の病気は専門外なので他の病院に行くことをお勧めします」

静かにしろと言うだけに飽き足らず、私のことを平然と罵倒《ばとう》してきたのだ。

これにはさすがの私も閉口してしまったよ。

「ぷっ！」

そして、そんな私の様子を嘲笑《あざわら》う男が一人。

話の流れからしてわかるだろうが、その男こそフォドゥーイだ。

私はそのフォドゥーイを睨《にら》みつけた。

「下等生物が」

「ああ、失礼。しかしながら傍から見て下等なのはいったいどちらなのでしょうね？」

……あの頃《ころ》は私も若かったのだ。

人間のことを面と向かって下等生物と罵倒するくらいにはな。

もっとも、その罵倒に対してフォドゥーイが返してきたのは、さらに辛辣《しんらつ》な罵倒だったが。

その時点で私はかなり周囲からの注目を集めていることを察した。

まあ、病院で叫んでいれば当然のことだ。

その場にいた医師や患者などがみんなこちらに注目していた。

迷惑そうな顔をしてな。

サリエルが警告するのも当然のことだな。

一応言い訳をしておくと、私にとって人間の目など気にするものではなかったのだ。

……言い訳になっていないか。

当時の私にとって人間など取るに足りない存在だ。

いちいちそのような取るに足りない存在の目を気にすることなどなかった、というわけだな。

そして、私は認識の違いに思い至った。

私から見てサリエルは神だ。

人間ではない。

そして、当たり前だが私自身も龍であり神、人間ではない。

私は人間など眼中になかったからその前提で話をしていたが、それを知らない人間が私の話を聞いたら何を思うか？

神がどうたらこうたら言い、医師でも治せない病を貴様ならば治せるだろうと無茶振りをする。

迷惑極まりない、非常識な男。

そういうふうに見えてもおかしくはない。

サリエルの言ったとおり、頭の病院に行けと言われても仕方がない所業だ。

人間に擬態していたこともあって、私もサリエルも見た目はただの人間だったからな。

真実を知らない人間からはそう見えてもおかしくはない。

これもまた、人間の目など気にしていなかった私のミスだ。

だが、もうとりつくろえる段階ではなかったし、何よりも人間ごときにとりつくろう必要性を私は感じていなかった。

「無礼な！　貴様死にたいのか⁉」

だから、私は龍としてそのまま態度を突き通すことにしたのだ。

「おやおや？　口で勝てぬから暴力ですかな？　下等と罵《ののし》る相手に口で勝てぬ愚か者が、本気で自分のほうが優れていると勘違いしているのかね？　ああ。それがわからぬから愚か者なのか。失礼失礼。どうも私は基準を自分に合わせてしまうのでね。自分より劣る思考の持ち主の考えを理解してやれないのだよ。すまなかったね。許してくれ」

……これだ。

ああ言えばこう言う、ではないが、一の言葉が十倍になって返ってくる。

口で人を馬鹿にするという分野において、私はフォドゥーイほど優れた人間を知らん。

……それを優れたと表現していいものなのか、はなはだ疑問ではあるがな。

ただたしかに、口で勝てぬから暴力に訴えるのかというその言葉は、私の矜持《きょうじ》を傷つけた。

そこで手を出してしまえば私はフォドゥーイの言うように、愚か者に成り下がってしまう。

それだけは断固認めるわけにはいかなかった。

……そう思わされた時点で私の負けだと気づいたのは、だいぶ後になってからのことだがな。

ああ、下等と侮っていた人間に、口でいいように転がされてしまっていたのだから、我ながら間抜けで笑えてくる。

「君の話は私が外で聞こう。ここは病院だ。サリエル様の言う通り無関係の人間が騒ぎを起こすべき場所じゃない。それとも、君はそんな当たり前のことすら守れない下等な頭の持ち主なのかね？」

「ぐっ！」

そして、私の矜持を利用して、自分の意見を押し通す。

あの時、私は確かにフォドゥーイの言う通りにするしかない状況に追い込まれていたのだ。

龍である私がだぞ？

たかが人間にだ。

フォドゥーイが恐ろしいと言うべきか、私が情けないと言うべきか。

後者でないと思いたいところだが……。

……いや、今さらか。

これだけ無様をさらしている私が、今さら格好を付けたところで仕方あるまい。

それはフォドゥーイに促され、サリエルと離れて病院の外に出た私にかけられた言葉が物語っている。

「ストーカーここに極まれり、ですな」

「は？」

思わずそう聞き返してしまったのも仕方あるまい。

ストーカーだ。

まさかのストーカーだ。

この龍たる私が、人間に、まさかのストーカー扱いだ。

これを笑わずして何を笑う？

「ストーカーもほどほどにしていただきたいと言っているのですよ。聞こえていませんでしたか？　どうやらあなたの言う上等な生物というのは耳が遠い生物のことを言うようだ。私の常識からすればそれはかなりおかしいことなのだが、世界は広いということで納得いたしましょう。きっと私が知らないだけで耳が遠いことを誇る文化というものがあるんでしょうな。私には理解できかねますが」

フォドゥーイの言葉に思わず間抜けな返答をよこせば、これだ。

これでもまだ本人としては手加減しているのだから質《たち》が悪い。

「人聞きの悪いことを言うな。私の耳は遠くもないし、そもそも私はストーカーなどではない」

「おやおや？　自覚がないとはやはり愚か者ですな」

「なんだと？」

誇り高き龍である私がストーカーだなどと断じて認めるわけにはいかない。

それなのに、フォドゥーイは私を煽《あお》ってくる。

先のフォドゥーイの言葉がなければ迷わず殺していたところだ。

「ふう」

しかしながら、そんな私の理性の限界を揺さぶるかのように、フォドゥーイは馬鹿にしたような溜息《ためいき》をわざとらしく吐いてみせる。

これには我慢も限界を超えそうだったよ。

「自らを至高と言うのであれば、下等と卑下する人間の常識くらいわきまえたらどうかね？　龍殿」

だが、フォドゥーイのその言葉で私は思いとどまらされた。

そしてその言葉は私を唖然《あぜん》とさせた。

それまでフォドゥーイは私のことを龍とは知らずに接しているのだと思っていた。

それを知らぬからこんな態度でいられる愚か者なのだと。

しかし、そうではなかった。

フォドゥーイは私が龍だということを知っていて、そのうえで馬鹿にしてきているのだ。

その差は小さいようで大きい。

「貴様、それを知りながらこの私を馬鹿にするのか？」

「しますとも。馬鹿にする理由が存在するのであれば、私は相手が何人《なんぴと》であろうとも馬鹿にする」

正直なその時の感想を言えば、「こいつはおかしい」だ。

当時の人間の認識として、龍というものは逆らってはいけない存在だ。

人生において出会うことはまずないため実感は薄かったろうが、それでも万人に共通の見解として龍に敵対的な行動をとるなど愚かとしか言いようがない、というものはあった。

私のことをさんざん愚か者扱いしておいて、人間の共通認識である愚かなふるまいをする。

それがフォドゥーイという男だった。

な？　理解しがたいだろう？

「とにかく、今のあなたでは話になりません。今日のところはお帰りなさい。そして少しでも人間社会について学んできなされ。そうすれば私があなたをストーカー呼ばわりし、馬鹿にしたことが少しはわかるでしょう。それでわからないのであればあなたに見込みはない。二度とサリエル様の前には姿を現さないでいただきたい」

そのくせそんなふうに人間の常識を語ってくるのだ。

傲岸不遜《ごうがんふそん》と言うかなんというか……。

そのような男だからこそ、龍である私と相対できたのだろうがな。

少なくとも、私はここまで言われたからこそ、奴《やつ》の話を聞いてやろうという気になったのだ。

そうでなければ人間の言葉などに耳を貸すことなど無かったろう。

それすら計算して私を挑発したのであれば、フォドゥーイの勝利なのだろうな。

これが私とフォドゥーイの出会いだ。

なかなかにインパクトのある出会いだったと言えよう。

しょっぱなに吹っ飛ばされたサリエルとの出会いと、どちらがよりインパクトが大きかったかと比べると、どちらか片方を選ぶことは難しい。

それくらい衝撃的だった。

アリエルとの付き合いが細く長いものだとすれば、フォドゥーイとの付き合いは太く短く、だな。

まあ、短くと言っても、人間の寿命から考えればそれなりに長い付き合いだったと言えるだろうが。

……フォドゥーイは私が出会ったころにはすでに老齢だったのではなかったのかと？

その通りだ。

当時の人間の寿命を考えれば、システムが構築される前に老衰で死んでいてもおかしくはなかった。

しかし、実際には奴はシステム構築後もピンピンとしていたよ。

それこそ現代でも一部では恐れられ、語り継がれているほどに暴れまわっていたものだ。

なんせ、奴こそがこの世界における吸血鬼の始祖なんだからな。

いや？　私が出会った時は間違いなくただの人間だったさ。

奴が吸血鬼になったのはその後のことだ。

しかも、本人が望んでそうなったわけではない。

あれは不幸な事故だ。

災害に巻き込まれただけとも言える。

人為的に起こされた人災だったが。

その人災を引き起こした男こそ、ポティマスだ。

当時の事件の裏には大体ポティマスがいる。

フォドゥーイがサリエーラ会に出資していたからには、いつかはポティマスとぶつかることになっただろう。

そのタイミングが悪かっただけの話だ。

フォドゥーイが吸血鬼となってしまった経緯に関しては、次の機会に語るとしよう。

間章　ポティマスと魔術

この世界には物理だけでは説明のつかない事象が存在する。

龍がその最たる例だ。

航空力学を無視して空を飛ぶのなど序の口。

何もない空間からものを生み出したり、一瞬で星の裏側に移動したりする。

物理学や化学だけでは説明のしようがない。

それらの事象は魔術と呼ばれる神秘だ。

しかし、人間からしてみれば神秘の術だが、龍は当たり前のようにそれを使いこなす。

龍の遺伝子を取り込めば、その神秘の術も使いこなせるかもしれない。

魔術の中に、永遠の命のヒントがあるかもしれない。

魔術とて万能ではなさそうだ。

だが、万能ではないことが、むしろ何らかの法則にしたがったれっきとした技術であることを証明している。

であるならば、その法則さえ暴けば、龍の遺伝子がなくとも、私にも使えるかもしれない。

そこに都合よく永遠の命のヒントがなくとも構わない。

必ず魔術の法則を読み解き、そこからさらに発展させ、永遠の命につなげてみせる。

そのためにはもっと実験動物がいるな。

4　決戦　蜘蛛《くも》VSロボ

ロボの銃口が一斉に火を噴く。

私が記憶してる限り、ポティマスは弾を消費したくないらしく、こういう銃火器はあんまり使いたがらなかった。

けど、今回はそんな事関係ねえ！　とばかりに、遠慮なく弾幕ばら撒《ま》いてらっしゃる！

避ける隙間《すきま》なんてありゃしないとばかりの弾幕が迫ってくる。

これがSTGだったらクレームものだぞ！

クリアさせる気ないだろ！

死ぬがよい、ってか？

こんなところで死んでなるものか！

はい。というわけで空間魔術発動。

私に迫っていた弾幕を、そのまんま異空間に放り込みまーす。

放り込むっていうか、入り口を開けば勝手に飛び込んでいくっていうか。

何もない異空間に放り込まれた弾幕は、当然のごとく何にも命中することなく異空間の中をさ迷うことになるのだった。

完。

はっはっは。

空間魔術を操る私に対して、射撃系の攻撃は効かぬのだよ！

あ、魔術を発動させる間もなく射抜かれたらさすがにダメだけどね。

まあ、そんなことほぼないですけど！

どんなに超強力な射撃でも、異空間に放り込んじゃえば私に届くことはないのだ！

ねえ、どんな気持ち？

貴重で使いたくなーいって出し渋ってた弾丸を惜しみなく使ったら、そのことごとくを無効化されて？

悔しい？

悔しいだろー。

ああ、ポティマスの悔しがってる顔が見られないのが残念だわー。

……って、いくら煽っても相手ロボだし、それで取り乱したりしてくれるわけないよなー。

そもそも心の中で煽っても相手には聞こえないんだけどね！

じゃあ声に出して言えって？

貴様！　私に死ねと申すか！

一人脳内ノリツッコミをしていたら、代わりにロボが死ね！　と言いたげな感じで突っ込んできた。

ロボのくせに今のやり取りだけで私に射撃が効かないって理解したのか？

ずいぶんとまあ利口なＡＩを搭載してるのね。

つっても、近づいたところで私の敵ではない。

たかだかステータス換算で五千程度の速度。

その程度のスピードじゃ、私から見れば止まってるようなもんよ。

そして、防御力も私の闇《やみ》の魔術をちょっとくらっただけで木っ端みじんになる程度。

近づかれる前に撃ち抜けば脅威でも何でもない。

とは言え、せっかくだから今回は別の方法で撃退しよう。

というわけで、カモーン！　戦闘用分体！

私とロボの間に戦闘用分体たちが割って入る。

さて、ここで戦闘用分体の詳細スペックを説明しよう。

大きさはアラクネになる前の私と同じくらい。

形状も一緒。

肝心の戦闘能力はと言うと、ステータスに換算するとおおよそ一万くらいだと思う。

そこらへんは私含めシステムの範囲外の存在なので、鑑定ができないから詳細がわからないのも仕方がない。

あと、あくまで基礎スペックが一万くらいなんであって、場合によっては本体である私から力を受け渡して強化することもできるから、そこらへんあんま正確に測定する必要がないってこともある。

主な攻撃方法は邪眼、闇魔術、空間魔術、糸、鎌による斬撃と毒。

ぶっちゃけ、人型と蜘蛛型の違いだけであとは本体とあんま変わらない。

さすがに出力は本体のほうが高いけど、十分な戦闘能力がある。

だてに戦闘用と銘打ってはいないのだ。

迫ってきていたロボに戦闘用分体が糸を射出。

足に糸が絡まり、さらにその糸が地面にへばりつく。

完全に足をとられたロボが盛大にすっころぶ。

その隙を見逃さず、戦闘用分体が鎌を振るう。

鎌がロボを切り裂き、バラバラにする。

ふむふむ。

やれるじゃないか！

糸と鎌だけでもロボを駆逐することができるみたいだ。

実は戦闘用分体の体のスペックの関係上、糸と鎌による直接戦闘能力はあんま高くない。

あくまでそれはサブウェポンなのだ。

じゃあ、メインウェポンはと言うと、邪眼と魔術だ。

と、言うわけでそのメインウェポンでやっておしまい！

戦闘用分体たちが一斉に闇の弾丸を射出する。

ロボたちはそれになすすべなく撃ち抜かれ、破壊される。

フハハハハ！　圧倒的ではないか！　我が軍は！

え？　こんなあっさり片付くんなら最初っからそれやれ？

イヤ、ほら、一応さ、なんかあった時のために糸と鎌だけでも応戦できるって証明しておいたほうがいいじゃん？

検証って大切だと思うんだ。

え？　慢心？

……ほら、どっかの剣士も言ってるじゃん。

これは慢心ではなく余裕だ、って！

では、私が余裕ぶっこいてるその理由をお見せしようではないか！

戦闘用分体！　フル稼働！

各地で監視やら何やらをしていた諜報《ちようほう》用分体を一時停止させる。

普段、数千の諜報用分体が世界中から集めている情報が一時的に消える。

代わりに、戦闘用分体のスペックをフルで活用できるようになる。

エルフたちを殲滅《せんめつ》するために召喚してばら撒いていた戦闘用分体。

その数、一万。

諜報用分体を動かしていた時には簡単な操作しかできなかったそれらが、その性能をいかんなく発揮した動きをすればどうなるか？

ロボの多さに驚いた私だけど、こっちもね、数は多いのですよ！

と、いうわけで、蹂躙《じゆうりん》せよ！

エルフの里のいたるところで戦闘用分体VSロボの戦いが始まる。

とは言え、戦闘用分体のほうがロボよりもだいぶ強い。

数こそロボのほうが多いけど、ロボがエルフの里全域に散っているのに対して、戦闘用分体はエルフの里の居住区に密集している。

これなら一対多という状況になることはまずない。

居住区を中心にしてロボを駆逐していき、徐々に輪を広げていけばいいだろう。

というわけで、ロボを倒しながら進軍開始。

帝国軍や魔族軍の近くにもロボが出現してるから、救援に駆けつけるつもりでそっち方向に進もう。

まだどっちもロボに接敵はしてないから、今から向かえば間に合うはず。

吸血っ子や鬼くんは大丈夫だと思うけど、メラあたりだと二体以上のロボを相手にするのは荷が重い。

クイーン率いるタラテクト群団?

クイーンがいるのに助けが必要だと思う?

クイーンの薙《な》ぎ払《はら》いブレス一発でロボが数体消し飛ぶんだぜ?

やっぱクイーンの戦闘能力おかしいって……。

というわけで、そっちのほうはクイーンに任せておけば問題ない。

私の戦闘用分体のおかげで戦況が優勢に傾いたからか、人形蜘蛛たちがまた張り切りだした。

嬉々《きき》としてロボに突っ込んでいき、銃弾を剣で弾いてロボの胴体を両断している。

うん、まあ、四人がかりならロボ一体くらいわけないわな。

ていうか、一対一でも人形蜘蛛のほうが強いし負けないっしょ。

さっきは数で負けてたから引っ込んでたけど、今度は逆に数で勝ってるしね。

けど、優勢になったとたん頑張りだすって、現金な奴らだなぁ……。

と、呆《あき》れ半分に人形蜘蛛たちの活躍を眺めていると、前方の地面がパカッと開いて何かが地下からせり出してきた。

すわロボの追加投入か？　と思いきや、シルエットがおかしい。

イヤ、シルエット自体はそれまでのロボとあんまり変わりない。

けど、サイズ感がおかしい。

でかい。

これは、ロボの強化バージョンか！

でもそのロボ、どっかで見たことあるような、既視感があるんだよなー。

でもそいつはもっとごちゃごちゃしてて、全体的に歪《いびつ》だったような……。

そこまで考えて思い出した。

あれは何年か前、まだ私たちが魔族領に向けて旅を続けていた時のこと。

荒野の地下に埋まってた旧時代の兵器、ＵＦＯが復活した事件の時だ！

あのＵＦＯの中にあった、ラスボスロボ！

それと似てるんだ！

あの時それを見たポティマスは何て言ってたっけ？

たしか、グローリアって言ってた。

そんでもってラスボスロボはそのグローリアの流出した設計図を使って作られたとか。

ということは、今目の前にいる強化ロボがそのグローリアとかいうのの正規版ってことか。

とするると、やばいな。

あの時ポティマスは言ってたんだよね。

「オリジナルであれば、上位龍でも屠《ほふ》れるな。ああ、まがい物のほうのな」

私が知る上位龍はそのUFO事件の時に共闘した風龍ヒュバンとかだけど、ヒュバンはクイーンタラテクトのマザーには劣るものの、ステータスは平均一万を軽く超える力があった。

速度なんて三万超えてたからね。

人形蜘蛛たちよりも格上。

その上位龍を屠れるとポティマスが豪語していた、オリジナルのグローリアとかいうロボだ。

人形蜘蛛たちじゃ荷が重い。

戦闘用分体でも、何体かで挑まないといけないだろう。

まあ、勝つことは難しくない。

……それが一体だけなら。

周囲に散った戦闘用分体から送られてくる視覚情報に、何体ものグローリアが出現している様子が映し出される。

……こいつらも量産型なのかよ！

王4　教えを受ける王

「オラオラ！　ガキども！　残さず食べるんだよ！」

孤児院の食堂に院長の叫び声がこだまする。

孤児院での食事はみんな割と好き勝手に喋《しゃべ》ったりしているので騒々しかったけれど、それでも院長の怒声はよく響いた。

「なんだい？　残してるじゃないか！」

「ダイエット中ー」

院長が女子の一人の食事を見て、眉《まゆ》をひそめる。

この頃《ころ》、私たちはそろそろ十代中盤に差し掛かろうとしていて、思春期を迎えつつあった。

「鶏ガラみたいな体しといてなま言ってんじゃないよ！　そういうことは太ってからやりな！」

「えー？　院長は太ってるのにダイエットしてないじゃーん」

「この魅惑のボディの魅力がわかんないうちはまだまだお子様だね！　しっかり食べないと胸がちっさいままだよ！」

そう言われた女子はちらっと自分の胸を見下ろして、憮然《ぶぜん》とした顔をしながら食事を再開したのを覚えている。

私はそんな彼女の食事が羨《うらや》ましかった。

この当時、私が口にできるのは流動食だけだったからだ。

私の体は人より多くの栄養を必要としていた。

常につけられた点滴で補っていたけれど、それだけじゃ足りず、消化のいい高栄養価の流動食でなんとか間に合わせているような状況だった。

内臓は勝手に作られる毒で弱り、消化のいい流動食しか受け付けない。

固形物を思う存分食べられる他の子たちが羨ましかった。

けれど、それを言葉にしたことはない。

孤児院のみんなには、大なり小なりそうしたハンデがあったから。

ダイエット中と言ったその子も、見た目は普通の人間だけれどキメラには違いがない。

彼女はいろいろな種類の動物を薄く広く入れられていたそうで、その分、体に与える影響も多岐にわたる代わりに一つ一つは些細《ささい》なものだったらしい。

それでも、一つ一つの影響は少なくとも、それが重なれば無視できない。

さらに言えば、根本的な治療方法なんてものは存在せず、対症療法しかない。

私たちは生まれついてそういう体だったのだから。

完治させるには、文字通り体を作り変えないといけない。

そんなこと、当時の医療水準では不可能で、ポティマスにすらできなかったことだろう。

私たちは死ぬまでその体と向き合っていかなければならなかった。

そして、その死ぬまでというのはきっと、普通の人間よりも短い。

普通の人間と同じだけの寿命があるとは、私たちの誰《だれ》も思っていなかった。

だからかもしれない。

漠然と、将来というものについて各々考え出したのは。

思春期を迎え、まっさらだった純真無垢《むく》な子供から卒業し、大人の階段の一歩目を踏み出した私たち。

大人になるということを意識しだしたのは。

果たして、大人になれるまで、生きていけるのかとも……。


ある日のこと。

サリエル様がボロボロになった子供二人をズルズルと引きずって帰ってきた。

その光景を見て私は「またか……」と、内心で呆れていた。

サリエル様が引きずっているのは孤児院の中でも喧嘩《けんか》っ早《ぱや》い二人だ。

この二人はしょっちゅう孤児院の外で喧嘩をしては、こうしてサリエル様に制裁を加えられて強制帰還させられていた。

子供の喧嘩と侮ることなかれ。

キメラである二人は人間よりも身体能力が強化されており、普通の子供を全力で殴りでもすればよくて大怪我《けが》、最悪相手を殺してしまう。

そうなる前にサリエル様がすぐに駆け付け、二人を回収するのだ。

問題を起こすのはこの二人だけではなかった。

孤児院の外に出られる数人は、しょっちゅう何かしらの問題を起こして、そのたびにサリエル様が駆け付けていた。

孤児院から外に出るのは禁止されていなかった。

しかし、私たちの中で孤児院の外に出かけるのは数人しかいなかった。

私は健康上の理由で。

他のみんなは外見が理由で。

孤児院のあった場所は田舎《いなか》だったけれど、人の目がないわけじゃなかった。

一応、周辺に住む人には孤児院の事情は説明されていた。

しかし、一目で普通の人間ではないとわかってしまう特徴を持ったキメラたちを、無条件で受け入れてくれていたわけでもなかった。

特に同年代の子供たちは、子供であるが故に容赦がなかった。

私は孤児院の外に出ることはかなわなかったので伝聞になるけれど、本当に石を投げられたこともあるらしい。

本当にそんな物語のテンプレのようなことが起きるのだなと、当時は驚いた記憶がある。

しかし、いくら物語のようだと言っても、ことは現実。

実際に石を投げた子供たちほどではないにしろ、孤児院の近辺に住む人たちの本音はそれで知れる。

私たちは彼らにとって厄介者だった。

そうして疎まれている私たちが何か問題を起こせば、さらに近隣の人々の心証は悪くなる。

だからサリエル様がわざわざ出向いて、そうなる前に回収するわけだ。

けど、疎まれている側だって気分がいいはずがない。

よくサリエル様に回収されていた二人は短気で喧嘩っ早く、「やられたらやり返す！」を地で行っていた。

近隣の子供たちに突っかかられると、反射的に手が出る。

そんなタイプの二人だ。

幸いにして、サリエル様のおかげで二人が実際に近隣に住む子供たちと喧嘩になったことはなかった。

しかし、それは手をあげなかったというわけではない。

手をあげたけれど、振り下ろす前にサリエル様が割って入り止めていた、というのが正解。

その手が実際に振り下ろされていたら、子供たちは無事では済まなかっただろう。

そうなれば近隣の住民たちと孤児院の関係は修復不可能になる。

そうでなくとも、手をあげようとしたという事実は残り、溝となる。

そしてできた溝は嫌悪となって住民たちの態度に表れ、それを気に食わない孤児院側がまた問題を起こす。

この頃、そうした負の循環がすでにできあがりつつあった。

だから余計、私たちは孤児院の外に出ることを控えていた。

それでも外に繰り出すのは、内にとどまるのを良しとしなかった行動派と、そんなことは知ったことかと堂々としている問題児だった。

「放せ！」

その問題児の一人が、サリエル様の手から逃れるために暴れた。

サリエル様はその言葉に従い、手を離した。

「ぐえっ⁉」

ほぼ宙づりにされた状態で手を離されればどうなるか？

もちろん重力に従い、地面に落下するのは自明の理だ。

そいつは運悪く顔面から地面に突っ込み、鼻を押さえてうずくまってしまった。

「放すなよ⁉」

「人、それを理不尽と言います」

淡々と文句を受け流すサリエル様。

人によっては煽《あお》られていると受け取りかねない態度だけれど、長年の付き合いでそれがサリエル様のデフォルトだと私たちは知っていた。

サリエル様は、なんというか、独特な人だ。

基本表情があまり動かない。

常に淡々としているから、一見冷静沈着なのかなと思うけど、ちょっと付き合ってみればそうじゃないことがわかる。

サリエル様は一言で言うと不思議ちゃんだ。

なんというか、人とはいろいろとずれているのだ。

私たちの知らない深いことまで知っているかと思えば、私たちが考えるまでもなくわかることがわからない。

そんなちぐはぐさがあった。

この時もそうで、「放せ！」と言われたから素直に放し、その結果鼻を打ってもんどりうった男の子が「放すなよ！」と言ったことに対して、「理不尽」と返答したのだ。

サリエル様はおそらくこのやり取りで男の子のことをバカにする意図はなかったんだと思う。

しかも、「理不尽」とは言ったものの、サリエル様本人はそれに憤っていたわけではなく、状況を客観的に見て男の子の言動が矛盾していて、それは理不尽なことなのだよと、教え諭す感じで言ったのだと思う。

思う、思う、と、推測でしかないけれど、いかんせんサリエル様はホントに考えていることが読めない人だったので仕方がない。

私たちの常識とはかけ離れた、突拍子のなさは私たちでもすべてを理解しきることはできなかった。

サリエル様は知識面では知らないことなど無いのでは？　と思えるほど博識で、私たちが幼い時にあれこれ「なんでなんで？」と聞いたことに対して、すべてよどみなく答えてくれた。

けれど、こと人の感情面や考え方のことになると、途端にポンコツになる。

知識として喜怒哀楽のことは知っているけれど、それを実感できていないような……。

サリエル様が人間ではなく天使だと知った時は、驚きよりも納得のほうが大きかったほどだ。

後にギュリエから天使という種族のことを聞き、その納得はさらに増した。

人間と天使では、根本的に思考回路が異なるのだろうと。

天使とは与えられた使命に忠実で、それ以外のことに余分な思考を割くことはしない、らしい。

ただ、サリエル様は天使でもはぐれ天使という特殊な立ち位置であり、そのため人間に寄り添っていたのだろうと。

「ちくしょう！　あいつら、今度会ったらぶん殴ってやる！」

「暴力はいけません」

片手で鼻を押さえながら、もう片手で地面を殴りつける男の子。

「暴力はれっきとした犯罪です。暴行罪です」

「うっせえ！　つっかかってきたのはあっちが先だ！」

「それでも、です」

サリエル様はありとあらゆる国の法律を網羅していた。

根本的に人間とは思考回路の異なる天使であるサリエル様が、どれだけ私たち人間のことを理解できていたのか、それはわからない。

けれど、法律から学び、人間が暴力を嫌うことは理解していたのだと思う。

「……あいつら」

その時、それまで大人しくサリエル様に捕まっていたもう一人の子が口を開いた。

「俺たちのこと、バカにしたんだ。孤児院も、サリエル様のことも……」

悔しげに唇を噛《か》む。

彼の気持ちが、私にはよくわかった。

私たちは家族だ。

かけがえのない、家族。

そんな家族が貶《けな》されて、黙っていることなどできっこない。

「それでも、暴力はいけません」

「なんでだよ⁉」

「刑法にそう定められているからです」

サリエル様の答えは簡潔だった。

法律でそう決められているから、やってはいけない。

「刑法が絶対正しいって言うのかよ⁉」

「否」

しかし、先の発言を否定するかのような、サリエル様の答え。

刑法が正しいから、それに従わなければならないのではないのか？

「じゃあ従う必要なんてねえじゃねえか！」

「従わねば刑法に則《のっと》り、裁かれます」

「だからやっちゃいけねえって⁉」

「是」

この時のサリエル様は、善悪の話なんて一切していなかった。

いいも悪いも関係なく、暴力を振るえば捕まるという、ただそれだけのことを私たちに教えていた。

「口で言われたのなら口で反論なさい」

それは正論だったろう。

ただし、近所の子供たちは私たちがキメラだという、それだけの理由で差別してきていた。

覆しようがない生まれを、罵倒《ばとう》の材料にしてくる。

反論しようにも、相手は一方的にこちらのことを下だと決めつけていたのだ。

そんな相手に正論は通じない。

「どうしろってんだよ……」

それは実際に近所の子供たちと接したことのない私よりも、男の子たちのほうが実感が強かったようだった。

言ってもこちらの言い分は聞く耳を持たれない。

さりとて暴力は振るっちゃいけない。

八方ふさがり。

「悩みなさい」

そんな彼らに、サリエル様は諭すように言う。

「何が最善か。何が悪手か。常に悩みなさい。悩みが人を成長させます」

……悩んだところで、この問題が解決するのかどうか、わからない。

サリエル様の言ったことは、たしかにいい言葉ではあったのだけど、その場に合っていたかどうかは、微妙なところだった。

やっぱり、サリエル様はどこかずれた人だった。

けれど、サリエル様が私たちのことを思って助言してくれていることだけはちゃんと伝わってきた。

その気持ちだけで、私たちは救われていた。

Ariel

アリエル

本名アリエル。もともとは名前のないポティマスの人体実験の被害者。偶然にもサリエルに名前を付けられ、以後その名を名乗り続けている。龍を含む様々な動植物の因子を埋め込まれて生まれたキメラ。中でも蜘蛛の因子が色濃く出ている。毒を生み出しながら、その毒に体を蝕まれていた。そのせいで体が弱く、車椅子生活を余儀なくされていた。サリエルの作ったキメラたちの保護施設である孤児院出身。その体質から長生きはできないだろうと、同じ孤児院の仲間たちに形見となるハンカチを残した。しかし、それとは裏腹に、最後に残ったのは彼女であった。

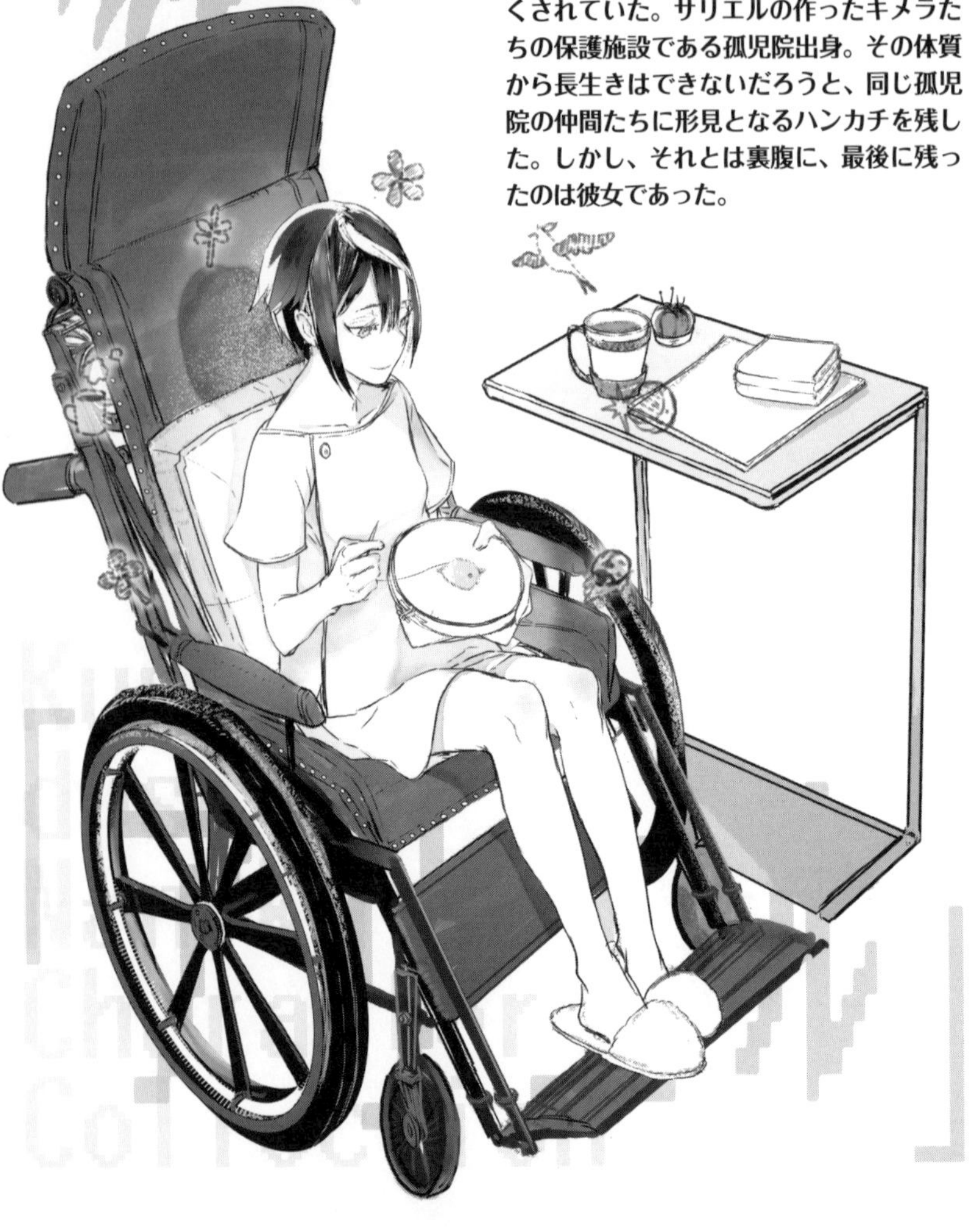

黒4　一人語り　吸血鬼

あのような出会いながら、私とフォドゥーイの付き合いは続いた。

虚仮にされたからには見返さねばならない。

その一心で人間について学び、その成果を見せるためにちょくちょく会いに行く。

そんなことを繰り返していた。

最初の目的であるサリエルのことを放っておいてな。

女に会いに行ったら爺《じい》に追い返され、その爺と逢瀬《おうせ》を重ねることになった。

言葉にしてみるとすさまじいことこの上ないな。

……これ以上深掘りするのはやめておこう。

フォドゥーイと私が会ってもっぱらしていたことは、ゲームだ。

転生者の元いた世界には将棋なる遊技があったのだろう？

それに似たものがこちらの世界にもある。

将棋はユリウスがシュンに教わって、負けたから悔しいと、私もハイリンスとして付き合わされたからな。

とった駒《こま》を自分が使えるというのはなかなか斬新だった。

こちらの世界のゲームは将棋と違ってとった駒は盤面から完全に除外される。

その代わり、将棋よりも駒の種類も数も多く、盤の広さが広い。

その分複雑で、一局だけでかなりの時間がかかる。

なので、一般には駒の数を減らし、盤面の広さを狭くした簡易版が流行《はや》っていたな。

正規版で対局するのはそれこそプロか、通の人間だけだった。

フォドゥーイは通のほうだ。

奴《やつ》も財界の魔王と恐れられるだけあって、そういった盤面のコントロールがうまかった。

プロ相手でもそこそこ張り合えたのではないかと思える。

ふ。まあ、私には一度たりとて勝てなかったのだがな。

龍と人間では頭の計算領域の出来が違う。

勝負にならないのは当たり前のことだ。

大人気ない？

……そうかもしれんな。

だが、出会いがあれだろう？

少しばかりの意趣返しとしてコテンパンにのすくらいは許されるはずだ。

その日も私はフォドゥーイと対局をしていた。

「むっ」

私が駒を動かしたところで、フォドゥーイは短く呻《うめ》いて動きを止めた。

そのまましばらくじっと盤面を睨《にら》みつけていたが、やがて諦《あきら》めたように溜息《ためいき》を吐いて椅子の背もたれに深く体を預けた。

「投了だ」

フォドゥーイが投了した。

正しい判断だ。

どうあがいてもフォドゥーイに逆転の目はなかったのだからな。

「いやはや。腕にはそれなりに自信があったのだが、ここまで完膚なきまでに圧倒されると逆に清々しい」

その言葉は悔しさを隠すためではなく本心からのもののようで、フォドゥーイは負けたというのに楽しげな笑みを浮かべていた。

フォドゥーイは盤面の駒を初期位置に戻そうと手を伸ばした。

「まだやるのか?」

嬉々《きき》として対戦を続行しようとするフォドゥーイに、私はややうんざりしていた。

先ほども言ったように、このゲームは一局にかなりの時間を要する。

それなのに、まだ続けようとするフォドゥーイに若干呆《あき》れていたのだ。

「時間なら有り余るほどあるのだから、少しくらい老い先短い老人のために使っても罰は当たるまい」

たしかに、龍である私に寿命という概念はない。

一局に時間がかかるとはいえ、悠久の時を生きる龍にとっては瞬く間のようなもの。

多少付き合ったところで時間を無駄にしたなどとは思わない。

「老い先短い、か」

私は意味深につぶやいてしまった。

私とフォドゥーイが対局していた場所は、広々とした一室だった。

広々、とは言え、大富豪であるフォドゥーイが暮らすにはやや手狭に感じられる場所だ。

調度の類も必要最低限といった具合で、飾りっ気がない。

質素倹約と言えば聞こえがいいが、総資産の額が文字通り桁違《けたちが》いであるフォドゥーイの住まいにふさわしいとは言い難い。

何より、室内には窓が一つもなく、明かりも明度を落とされているのが異様であった。

「……そうでしたな。今の私は老い先が短いかどうかもわかりませんでしたな」

そう、自嘲《じちょう》気味に笑うフォドゥーイの、皮肉げに持ち上げられた口角の隙間《すきま》から覗《のぞ》くのは、鋭い犬歯。

「はあ……。これでも人よりかは山あり谷ありの人生を歩んできたと思っていたのですがね。まさか、死ぬ間際になってこのようなことになろうとは」

「そうだな。さすがにこればかりはいかに優れた知見の持ち主であろうとも予測できなかったであろうよ」

ほかならぬ龍である私でさえ、こんなことになろうとは思いもしていなかったのだ。

転生者たちのことわざになぞらえるならば、青天《せいてん》の霹靂《へきれき》、というやつだ。

ゲームで言えば盤面の外側からひっくりかえされるような、そんな出来事だ。

それほど、フォドゥーイの身に起きた出来事はありうべからざることだった。

その事件のことを、私は伝聞でしか知らない。

私も四六時中人間界のことを覗き見していたわけではないのでな。

当事者であるフォドゥーイに聞いただけで、その場を直に見ていたわけではない。

当時、サリエーラ会は密《ひそ》かにある犯罪組織の摘発に力を入れていた。

ある犯罪組織と表現したが、実際には複数の組織が集まってできた複合組織だ。

ただし、横の繫《つな》がりは皆無に等しく、お互いに繫がっていることすら把握していなかったそうだ。

そのせいで捜査は難航し、摘発に時間がかかっていた。

サリエーラ会はそれを承知で、少々強引な手を使って慣例を無視し、組織の摘発に乗り出していた。

その判断は間違っていなかっただろう。

組織を野放しにしておけば、さらなる被害が出ていたのは容易に予測できる。

惜しむらくは、それでも遅きに失していた、ということだろうか。

その犯罪組織はとある男の手足となって動くためだけに作られたものだ。

ここまで言えば予想できるだろうが、その男とはすなわちポティマスのことだ。

奴は世界中の犯罪組織に粉をかけ、少しずつ掌握していたのだ。

本人は表に出ることなくな。

組織のほとんどはポティマスが自分たちとかかわりがあることすら知らなかったというのだから、その用心深さに呆れる。

だが、いくら用心深かろうが露見する時はするものだ。

奴の場合は手を広げすぎていた。

サリエーラ会が奴のしっぽを掴《つか》むきっかけとなったのは、孤児だ。

サリエーラ会は世界中の孤児院の運営や支援を行っていたが、そこで妙なことが発覚した。

孤児の行方《ゆくえ》がわからなくなることが頻発していたのだ。

孤児は里親に引き取られたり、一定の年齢になったりすれば孤児院から出ていく。

しかし、その後の足取りがつかめなくなる孤児の数が増えていたそうだ。

サリエーラ会とて孤児院から卒業した孤児たちの行方をいちいち把握していたりはしない。

しかし、できる限り孤児院を出た直後に困窮しないよう、支援する体制を作り上げていた。

大抵の孤児はサリエーラ会が運営する職業斡旋《あっせん》所の世話になる。

そこで職を紹介してもらい、食いつないでいくのだ。

ところが、ある時からその職業斡旋所を利用する孤児の数が減少していた。

普通であれば見逃してしまうような変化だが、サリエルはそれに気づき、不審に思って調査を命じたそうだ。

結果、孤児のいくらかが行方不明になっていることが判明し、その裏にポティマスの操る組織があった、というわけだ。

攫《さら》われた孤児はポティマスのもとで人体実験の被害にあっていた。

アリエルのいた孤児院のキメラたちは先天的にキメラを生み出す実験の被験者たちだが、攫われた孤児たちは後天的にキメラを生み出す実験の被験者たちだ。

残念ながら、先天的にキメラを生み出すよりも、後天的にキメラを生み出すほうが難しかったらしく、攫われた孤児のほとんどは助からなかった。

生き残ったのは実験される前に救出された子供たちだけだ。

そのような理由もあって、いちいち証拠をつかんで組織を摘発するという工程を踏んでいる暇がなかった。

サリエーラ会の力をいかんなく発揮して、組織の強襲を敢行したのだ。

フォドゥーイがいくらばら撒《ま》いたのかは知らんが、各国はそれでサリエーラ会の暴挙ともいえる摘発劇に目をつむったそうだ。

国としてもサリエーラ会が膿《うみ》を出してくれたのだから、お互いにとって利益のあることだったのだろう。

組織と癒着していた国のことは知らんがな。

国を動かすのに綺麗《きれい》ごとだけではやっていけない。

犯罪組織だろうが使えるものは使う。

必要悪、というやつだ。

まあ、中には甘い汁だけを吸っていた国もあったのだろうが、そこはそれ、だ。

犯罪組織が一掃されたことでできた空白を、どのようにして埋められるかが為政者の腕の見せ所だろう。

フォドゥーイが健在であったのであれば、そこに介入してばら撒いた以上の金を回収していたのだろうが、残念ながらそうはならなかった。

サリエーラ会が組織の摘発にかなり強引な手を使ったのは話した通りだ。

そして、その手段の中には直接的な武力も含まれる。

サリエーラ会は時に紛争地域への医師の派遣なども行っている。

そして、その医師を守るための兵、表向き民間警備会社となっているサリエーラ会の部隊が存在していた。

サリエーラ会と言えど、時にはその手を汚さねばならない。

彼らはそのための部隊だった。

組織の摘発に伴い、その部隊が活躍したのは言うまでもない。

あらかじめ言っておくが、この部隊に落ち度はない。

被害者であるフォドゥーイ自身がそう語っていたし、あとから話を聞いた私も同意だった。

誰《だれ》が悪かったわけでもなく、ひたすら運が悪かったのだ。

……いや、悪かった人間は一人いるな。

もちろんポティマスのことだが。

ポティマスの人体実験は多岐にわたっていたが、その中の一つに吸血鬼化というものがあった。

この世界で吸血鬼というと真っ先に思い浮かぶのはソフィアの存在だろうが、彼女が現れるまで吸血鬼という存在は長らく存在していなかった。

ありていに言えば根絶させられていたのだ。

その吸血鬼根絶の歴史については今は置いておこう。

吸血鬼は長らく存在していなかったものだが、実はフォドゥーイが生きていたその時代でも吸血鬼などというものは存在していなかった。

転生者からしてみれば龍がいるのだから吸血鬼がいてもおかしくないのではないかと思うだろう

が、逆だ。

龍がいるから吸血鬼はいなくなったのだ。

もっと言えば、サリエルがいたから、だな。

龍や天使のように、吸血鬼というものもまた実際に存在する。

ソフィアのあれはスキルによるものだと思ったか？

あれはれっきとした吸血鬼だ。

吸血鬼として生まれた娘に、後付けでそれらしいスキルを付与したに過ぎない。

もっとも、生まれが吸血鬼となるようにDが調整したのは間違いないだろうが。

吸血鬼というのは一種の魔術生物だ。

魔術の力で生み出された後天的な種族。

そのため、吸血鬼となるための魔術さえ知っていれば、誰でもなることができる。

だが、考えてもみろ？

噛《か》みつき、血を飲んだだけで仲間を増やせるような種族、生態系を乱すに決まっているだろう？

吸血鬼は熱病のようなものだ。

蔓延《まんえん》すると手が付けられない。

だからこそ、龍は吸血鬼の存在をできるだけ駆除するよう心掛けるし、サリエルの在来種の保護という使命にも抵触する。

吸血鬼は外来種のようなものだからな。

徹底的に駆除されたさ。

そのため、吸血鬼の存在はこの世界でもおとぎ話の中にしかなかった。

おとぎ話の中とは言え、吸血鬼の話があるのが不思議か？

厄介なことにな、存在の大きなものというのは勝手に知れ渡ってしまうものなのだ。

人は深層心理で遠く離れた存在を無意識のうちに感知し、それを創作として世に出してしまうのではないか、というのがもっぱらの見解だ。

転生者たちの世界にも龍や天使の創作はあったのだろう？

そういった創作の生物は、果たして本当に創作の中だけのものなのかな？

そういうわけだ。

我々龍もサリエルも、創作まで取り締まっていたわけではない。

ほとんどの人間は架空の生物として認識していた。

それをこともあろうに、ポティマスはどうやったのか、吸血鬼化の魔術を独自に完成させてしまったのだ。

認めるのは癪《しゃく》だが、あれはまごうことなき天才だ。

が、その天才でも完璧《かんぺき》な術式を一から作り上げることはできなかったらしい。

ありていに言えば吸血鬼化の魔術は失敗作だった。

吸血鬼化された人間は正気を失ってしまい、目についた生物に襲い掛かり、血を啜《すす》るだけの怪物になり果ててしまっていた。

そんな吸血鬼のなりそこないは、ポティマスの組織の一つに閉じ込められていた。

誘拐された孤児の被害者としてな。

実際に彼らは被害者だ。

そして、その救出にサリエーラ会の部隊が動いた。

彼らは見事組織を打倒し、被害者たちを救出してみせた。

残念ながら実験の影響で被害者たちは正気を失い、部隊の人間にも襲い掛かったが、保護することには成功したのだ。

ここまで言えばその部隊に何が起きたのか、うっすら見えたのではないか？

ああ、そうだ。

吸血鬼のなりそこないの被害者たちは、部隊の人間の何人かに噛みついていた。

ここから先はわざわざ口にしなくともわかるだろうが、噛まれた部隊の人間は吸血鬼化した。

しかも、人体実験の被害者と同じく、正気を失ってな。

さらに最悪なことに、噛まれてから吸血鬼化するまでにタイムラグがあったのだ。

真の吸血鬼であれば噛んで血を吸い、相手を吸血鬼にすると意識した瞬間に吸血鬼化は完了する。

しかし、出来損ないはそうではなかった。

タイムラグの間隔は個人差があったが、数日ほどは普通に過ごしていたそうだ。

そして、ある時急に体調が悪化し、ふらつき、次の瞬間には理性を失う。

噛まれた部隊の人間はそうして吸血鬼の出来損ないへと変貌《へんぼう》してしまったのだ。

フォドゥーイが吸血鬼となってしまった原因もまた、その部隊の一人にある。

その男は部隊の隊長だったそうだ。

彼はフォドゥーイに組織の摘発の状況や、現地での所感などを報告していた。

そして、タイミングの悪いことに、その瞬間に吸血鬼化を発症。

目の前にいたフォドゥーイに噛みついた、というわけだ。

……私はその隊長のことを知らない。

会ったことがないからな。

しかし、フォドゥーイいわく、隊長はその報告をしていた時、吸血鬼化にあった被害者たちに同情し、犯人たちに対して憤りを見せていたそうだ。

フォドゥーイが信頼しているだけあって、できた人物だったのだろう。

だからこそ、そんな彼が急にフォドゥーイに襲い掛かったことが関係者には信じられなかったそうだ。

そんな人物の突然の凶行。

そして、重要人物であるフォドゥーイが襲われたことで、吸血鬼化という恐るべき現象の正体が迅速に調べ上げられた。

最初の人体実験の被害者や、二次被害者である彼らに噛まれた部隊員。

さらにその部隊員に噛まれた三次被害者。

それらが手早く隔離された。

もし、その動きがもう少し遅ければ、瞬く間に吸血鬼化の波は世界中に広がっていたかもしれん。

それだけ危うい状況だった。

こういう言い方はしたくないが、フォドゥーイの犠牲のおかげで被害は最小で済んだと言える。

ことがことだけに、その被害の少なさは奇跡と言っていいほどだ。

そしてもう一つ、奇跡と呼べることがある。

それこそが、フォドゥーイの意識だ。

被害者は正気を失ってしまった。

その例外がフォドゥーイだった。

フォドゥーイは隊長に噛まれた際、出血が多く老体だったこともあって生死の境をさまよった。

一時昏睡《こんすい》状態に陥ったのだが、持ち直し、目を覚ました。

その時には吸血鬼化の兆候である犬歯の変化が見られ、目を覚ましたとしても正気は保っていないと判断されていた。

そのため、寝かされた状態のまま拘束されていたそうだ。

目を覚ましたフォドゥーイは真っ先にそれに抗議し、駆け付けた医師に早く拘束を解けと怒り心頭で言ったらしい。

そこで医師はフォドゥーイが正常な意識を保っていることを知ったそうだ。

フォドゥーイがなぜ正気を保つことができたのか、それは不明だ。

私にだってわからないことくらいある。

生命は時に我々の想像を超えることをしでかすことがある。

フォドゥーイの件しかり、ポティマスしかり、な。

ま、フォドゥーイの件は奴《やつ》の底意地の悪さが吸血鬼化の呪《のろ》いに打ち勝ったからだろう。

とは言え、意識はあれど、フォドゥーイが吸血鬼になってしまったのに変わりはない。

そして、いつ他の被害者と同じように、正気を失ってしまうかもわからない。

そのため、フォドゥーイは隔離されることとなった。

私が訪れていたのは、フォドゥーイの隔離先だったのだ。


「むっ」

再びフォドゥーイがうなる。

隔離されてしまったフォドゥーイは暇を持て余していた。

だから私は時々奴のもとを訪ね、ゲームに付き合っていたのだ。

隔離されているとはいえ、龍である私であれば人間に会うことを止める手立てはない。

隔離施設の管理者はしぶしぶといった様子ではあったが、私が訪問しても止めることはなかった。

「待ったはなしだぞ？」

「待ったなど邪道。人生において待ったが通用する場面など少ない。だからこそ人間は間違えることを恐れるのだよ」

その言葉の通り、私が記憶する限りフォドゥーイが待ったをかけたことは一度もなかった。

「しかし、人間は間違える。どうしても間違いは起こる。その間違いを積み重ね、新たな間違いを起こさぬようにルールを定め、少しでも間違いを少なくしてきた。人間の歴史とはすなわち間違いの歴史だ。そしてその歴史を教訓にして今がある。それでも間違いはなくならないがね」

言葉を重ねながら、フォドゥーイが駒《こま》を動かす。

すぐさま私は駒を動かし、再びフォドゥーイに順番が回ってくる。

しかし、フォドゥーイは長考に入り、しばらくの間手が止まった。

「そして私もまた無駄に敗北を重ねたわけではない。敗北し、失敗し、その度にそれを教訓としてきた。その教訓を生かし、この一手を打とう！」

フォドゥーイが高らかに宣言し、駒を動かした。

それに対して私は、間髪容れずにその一手を封じるように自軍の駒を動かした。

あの時は微妙な沈黙が辺りを包んだな。

「……いかに間違いをなくそうとも、それが最善へとつながるわけではない。これはそのいい例だな」

「物は言いようだな」

フォドゥーイという男はとにかく口がよく回る。

どうでもいい雑談から、私をもうならせるような含蓄まで、幅広くゲームの最中に語っていた。

「言語こそ人間最大の発明とも言われますしな。人間の歴史とはすなわち屁理屈《へりくつ》をこねくり回してきた時間でもあるわけだ」

「いや、それはおかしい」

このように本気か冗談か判別しにくいことを言い始めるため、煙に巻かれることも少なくない。

「なにもおかしいことなどないとも。龍という絶対者がいるせいで、我ら人間は武力に頼るということをしてこなかった。最後に物を言うのは武力だが、そこに至るまでの口での勝負こそが肝心だったのだよ。理屈をこねくり回し、いかにして相手を言いくるめるか。そんなことばかりしていたからこうして口が悪くなってしまったのさ」

「自分の口の悪さを歴史のせいにするな。あと、さりげなく我ら龍のせいにもしないでもらいたい」

息をするように屁理屈をこねまわすことに関して、フォドゥーイは間違いなく天才だったろう。

……嫌な天才だな。

「まったく。その減らず口には恐れ入る」

「こればっかりは負ける気がしませんな」

皮肉のつもりで言った言葉も軽く受け流され、フォドゥーイはむしろ得意げな顔で駒を動かした。

もちろん、私はすぐに駒を動かし、その得意げな顔を引っ込めさせたさ。

「ゲームでは負ける気はせんが、口では貴様に勝てる気がせん」

「でしょうな。やはり人間と龍では思考の回転速度が違う。おそらく私が何回挑もうと、あなたにゲームで勝つことは不可能。不思議なものだ。同じ頭を使う分野だというのに、ゲームでは私に勝ち目はなく、口論では私は負ける気がしない。単純な計算能力では龍のほうが優れているが、小狡《ずる》さという点では人間のほうが勝るということかな?」

フォドゥーイは盤面を睨《にら》みながら、それでもどこか愉快そうにしていた。

「龍が偉大であることは疑いようがない。しかし、どれだけ龍が偉大であろうと、他の生物よりも劣る部分がないわけがない。龍には人間のような小狡さがない。それがなくとも強いからだ。人間のようになりふり構わず卑怯《ひきょう》な手を使わずとも、正々堂々と立ち向かうだけで大抵の相手からは勝利をもぎ取ってしまう。だから小狡くなる必要がなかった。しかし、それこそが龍の怠慢。下等と侮るから人間の卑劣さに足をすくわれる。そう、今私の目の前に、私の口車に乗せられて自ら人間の土俵に合わせて苦戦している龍がいるようにね」

さも愉快そうにフォドゥーイが語る。

盤面では勝利しているというのに、私はフォドゥーイの言葉にどうしようもない敗北感を味わわされたものだ。

全《すべ》て目の前の、龍の視点で見れば取るに足らない脆弱《ぜいじゃく》な老人の手のひらの上で踊らされているかのようで。

そしてそれは限りなく正しいのだと、客観的に見て判断していた。

龍である自分が、人間という下等生物にいいようにあしらわれている、とな。

まあ、当時はすでに人間ではなく吸血鬼だったわけだが。

それは些細《ささい》なことだろう。

「人間は卑怯だ。そして龍が思う以上に愚かだ。歴史の中で間違いを積み重ね、それを学んできているにもかかわらず、なお間違える。間違っても間違っても間違える。しかも質《たち》の悪いことに間違えるたびに狡賢くなるものだから、間違えた時の被害がより大きくなっていく。被害を小さくするための教訓なのにな。おかしなものだ」

手のひらの上で転がされながら、それでも私が人間の目線でフォドゥーイと向き合おうと思ったのは、それが一種の試験だったからだ。

サリエルと向き合うための、その通過試験。

「あなたは龍でありながら、人間の視点というものを学んだ。おそらくそれでも真に人間のことを理解したとは言い難い。先ほども言ったように人間というものは龍が思うよりもずっと愚かだ。その愚かしさと、サリエル様はずっと向き合ってきた」

フォドゥーイが駒を動かす。

私はフォドゥーイが駒から手を離すか離さないかというところで、自分の駒を動かした。

「投了だ」

フォドゥーイが晴れやかな表情で自身の敗北を認めた。

「神と人。その両方の視点を持つあなたであれば、サリエル様に変化をもたらすことができるかもしれない。人間ではもはや駄目なのだ。かといって神ではいけない。神でありながら、人を理解できる存在でなければ」

それは、敗北者が勝者に送る最大限のアドバイス。

そして願い。

「私はこのざまだ。おそらく私がここを出ることはないだろう。だから、託します」

吸血鬼となり、隔離されてしまったフォドゥーイにできることは限られる。

資金の提供だけならばある程度の融通が利いたが、それだけだ。

それまでのようにサリエルのために動くのにも限度があった。

「どうか、サリエル様をよろしくお願いします」

そう言って頭を下げたフォドゥーイの願いに、私は何も言わなかった。

果たして私がサリエルに対してできることなどあるのだろうか？

その問いに明確に答えられない自分がいた。

だからこそ、安易に応じることができなかったのだ。

……その不安は的中した。

私は、フォドゥーイの期待に、応《こた》えられなかった。

間章　ポティマスと吸血鬼

吸血鬼。

あれは失敗だった。

魔術について多少の知識を得て、魔術的に人間を進化させる術を発見したと思ったのに、結果はあのざまだ。

吸血鬼のなりそこないを処分しなかったのは、そこからさらに人体実験を重ねるためだったのだが、サリエーラ会が余計なことをしでかしてそれらを連れ出してしまった。

まあ、どうせ大した実験には使えん連中だったのだ。

廃棄処分する手間が省けたと思っておこう。

しかし、そこから吸血鬼のなりそこないが増え、その中でたった一人だけ、きちんと吸血鬼となった人物がいるのは興味深い。

できればそいつの体を調べてみたいところだが、さすがに検体として手に入れることはできそうにない。

もっとも、吸血鬼などという弱点の多い種族は私の目指している永遠の命とは程遠い。

検体が手に入ったとしても人体実験をして使い潰《つぶ》すだけだっただろう。

そう思えば惜しくはないか。

5　決戦　蜘蛛《くも》VSつよロボ

なんでやねん！

ロボを倒しながら、これ結構余裕じゃーん、とか思ってた私。

でも私が倒していたロボは実は量産型のザコで、グローリアとかいうつよロボが出てきちゃった。

しかもそのつよロボも量産型……。

つよロボの実力は未知数。

以前ポティマスが言っていたことを真に受けるのであれば、つよロボの強さは上位龍を超えるらしい。

そんなのがいっぱい……。

あ、これ、あかんやつや……。

ちょっとこれは温存とかそんなこと言ってられないぞ。

今後のことも考えて、できるだけこの戦いでは分体の数を減らしたくないと思ってたけど、消耗を気にしてる場合じゃなさそう。

千里眼を駆使してざっとつよロボの数を確認。

その数おおよそ千ちょい！

さすがにロボより少ない。

ただ、上位龍を超えるという戦力がそんだけあるというのは恐ろしい。

人形蜘蛛たちもそうだけど、ステータス万超えの力を持った連中はその気になれば一体だけで一国を滅ぼすことができる。

ステータス千未満がほとんどの、人族とか魔族に対抗できる力はない。

ステータス千を超える、人族や魔族の中でも英雄と呼ばれるようなのが複数、命を賭《と》して止められるか否か、ってところだ。

勇者みたいな例外でもなければ、そもそも相手にすること自体が間違い。

そんな連中だ。

その化物の中でも上位に君臨する上位龍。

それを倒せるというつよロボ。

それが千体以上だぁ？

冗談抜きでこの戦力は世界を相手取って勝利できるぞ……。

対抗できるのはそれこそ魔王とギュリギュリしかおらんな……。

ポッティーさんや？　あーた世界をぶっ壊す気ですかいな？

……そういやポティマスのせいでこの世界壊れかけてるんだったわ。

あいつは破壊神か何かか？

……あんま間違ってない気がしてきた。

と、下らん事考えてないで、その破壊神の尖兵《せんぺい》たるつよロボどもをどうにかせんと。

ま、まあ、あれだよ。

上位龍を超えるっていうのはポティマスの自己申告だし－？

実際にはポティマスの過大評価でそこまで大げさじゃない可能性も無きにしも非ずだしー？

目の前のつよロボが動く。

巨体に似合わない俊敏さで人形蜘蛛の一人、リエルに瞬時に肉薄し、ブレードを横薙《よこな》ぎにする。

リエルはギリッッギリでブリッジの要領で上半身を倒し、ブレードを回避。

……なんでその避け方したし。

と、次の瞬間には襲われたリエル以外の三人がつよロボに襲い掛かる。

各々隠し腕をすでに展開しており、六本の腕に武器を構え、つよロボに切りかかる！

金属同士のこすれる不快な音が響き渡る。

弾かれたように距離をとる三人＋リエル。

……リエルはブリッジしたままの姿でカサカサと逃げていたけど、なんでその逃げ方したし。

で、肝心のつよロボの様子はというと、その装甲に傷一つなし！

ならばと人形蜘蛛たちはいっせいに魔法を発動。

これは、私も多用していた暗黒槍《やり》だな！

四方から暗黒槍が発射され、つよロボに着弾！

が、暗黒槍はその装甲に触れる前に、消滅した。

あれは、ポティマスがよく使ってる抗魔術結界とかいう、魔術を使えなくしてしまう結界か。

ポティマスみたいに広域に展開することはできないっぽいけど、代わりに装甲に塗装されてるみたいに結界が覆ってるんだろう。

つまり、魔術関係なしの物理攻撃で叩《たた》き潰すか、魔術結界を突破できるような大出力で吹っ飛ばすしかない、と……。

でも、ステータス万超えの人形蜘蛛たちの斬撃でビクともせず、魔法もかき消したとなると、物理も魔法も突破は厳しい……。

防御面はヤベーの一言だ。

じゃあ、攻撃面はというと……。

お返しだと言わんばかりに人形蜘蛛たちに向けて砲のようなものを向けるつよロボ。

そこから放たれた光線は、容易《たやす》く木々を、さらには地面をも穿《うが》った。

もちろん、人形蜘蛛たちはそれが発射される前にその場を退避している。

しかし、地面に空いた穴の深さから推察する限り、直撃していたら人形蜘蛛たちでもただじゃすまなかっただろうことは予想できる。

そして、光線を避けたフィエルに向けて振り下ろされるブレード。

攻撃から次の攻撃に移るまでが早い。

ロボのくせに驚くほど状況判断が早く、俊敏だ。

イヤ、判断が早いのはロボだからこそか。

問題なのはその判断の早さに機体の速さもついていってる点だ。

その速さは、ステータス換算にすれば万を軽く超えている。

なぜならば、フィエルがついていけていないのだから。

タイミング的にその斬撃を避けきることはフィエルには不可能で……。

手元にフィエルを転移させた直後、ブレードがさっきまでフィエルがいた場所を切り裂いた。

ブレードは地面に叩きつけられたけど、それで折れるわけもなく、むしろ地面のほうが何の抵抗もなくスパッと切られていた。

うんうん。

攻撃性能も高いっすねー。

硬いお野菜も筋張ったお肉もそれどころかまな板までスパスパ切れちゃいますよ奥様！

……マァジで上位龍倒せるスペックしてんじゃーん。

マァァジデェェこんなのが千体以上だぁ……？

ポティマスのことをなめてたつもりは全くなかったけど、それでもこれはちょっと想定よりもだいぶ上なんですがー？

……ごめん、ウソ。

ちょっとなめてました、はい……。

だってだって！

ここ最近のポティマスといえばボコボコにされっぱなしだったじゃないか！

元魔族軍の第七軍が反乱起こした時、あの時はこっちもやられたけど顔面パンチしてやったし？

この前の大戦の時も裏でチョロチョロしてたのを先手打って壊滅させてやったし？

つい最近も王国で吸血っ子に首チョンパされてたし？

ほら！　最近のポティマスっていいところ皆無じゃん！

これでなめるなというほうがムリなのでは？

ちょっとくらい過小評価してしまっても仕方がないのである。

つまり私は無罪である。

まあ、さんざんでかい口を叩いてきたポティマスが、決して口先だけじゃなかったというのが証明されてしまったというわけだね。

最近不甲斐《ふがい》なかったのも、全力を出したくても出せない事情があったわけだし。

さすがにこんなつよロボ暴れさせたら、一体だけでもギュリギュリ出動案件ですわ。

ギュリギュリを恐れているポティマスからしてみれば、それだけは避けたかったんだろうなー。

逆に言えば、それ以外は恐れるものはないということで。

今回は本気で私たちのことを潰しに来たわけだ。

あっちはあっちで自分の力に絶対の自信を持っていたんだろう。

負けることなんてありえないって。

たしかに、こんだけの戦力を見せつけられちゃ、それも頷《うなず》けるってもんだね。


まあ、それでも、私には勝てない。


認めよう。

ポティマスの戦力は私の予想よりも上だったと。

ただし、それでも私の対処可能範囲を逸脱していない。

ポティマスが絶対の自信を持っているように、私にも絶対の自信がある。

ポティマスの戦力が私の想像以上だったのは事実だけど、それはこのくらいかな？　と予想していたラインよりも上回っているというだけに過ぎない。

そのラインというのは予想しうる最低と最高の間、平均値だ。

ポティマスはその平均値を大きく上回ってきた。

けど、最高値は超えていない。

だって、私の予想する最高値とはすなわち、ギュリギュリと互角に渡り合える力、なのだから。

ポティマスがそこを超えているとは思えない。

だって、それができるんならあいつの性格上、やってないはずがないもん。

ギュリギュリの存在があるから比較的大人しくしていたんであって、その目の上のたん瘤《こぶ》を排除できるのなら、しないはずがない。

それをしていないってことは、必然的にポティマスの戦力はギュリギュリ以下。

未満、ではないのは、ポティマスの慎重な性格からして、勝率が五分五分なら勝負に出るのをためらうかもしれない、と思ったから。

ポティマスにとってギュリギュリは目の上のたん瘤だけど、危険を冒してまで挑む相手じゃない。

あいつの目的はギュリギュリを倒すことじゃないからねぇ……。

戦力を整えるのは万が一を考えてのことで、主目的からは相当ずれている。

だからこそ私はポティマスの戦力を低めに見積もっていたわけだけど、思った以上にあいつは小心者だったらしい。

怖かったんだろうね、ギュリギュリのことが。

まあ、だからこそというか、私はポティマスに勝てると断言してるわけだが。

なんせこっちはそのギュリギュリすら仮想敵として鍛えてきたんだから。

システムをぶっ壊すという一大事業。

私が隠しているそのことを知った時、ギュリギュリが立ちはだからないという保証はない。

むしろ、かなり高い確率で立ちはだかってくる。

だからこそ、私はギュリギュリにも勝てるよう、研鑽《けんさん》を積んできたのだ！

ギュリギュリに臆《おく》してエルフの里に引きこもってたようなやつに、負ける道理などない！

戦闘用分体各位に告ぐ！

ロボは放置でいい！

つよロボの撃破に注力せよ！

つよロボの数はおおよそ千。

対して戦闘用分体の数は一万。

その差は十倍。

しかし、ステータス換算で言えば戦闘用分体は人形蜘蛛《ぐも》たちと大差ない一万超え程度。

人形蜘蛛たちが四人がかりでつよロボに手も足も出なかったことを考えれば、数をそろえたところで戦力を覆すことはできない。

残念ながら戦力っていうのは足し算じゃないんだよ。

ステータス換算で一万の戦力を十そろえたところで、ステータス換算十万の相手に勝てるわけじゃない。

つよロボの強さはおそらくステータス換算で言えば二万くらい。

クイーンタラテクトと同等か、それより少し劣るくらいだと思う。

人形蜘蛛たちが決死で挑めば、一体くらいは相打ちに持っていけるかも、というくらい。

つまり、人形蜘蛛と同格程度の戦闘用分体であれば、つよロボ一体につき四体以上の犠牲で計算すれば勝利することは可能。

まあ、そんな大損害を出す気はさらさらないけどね。

たしかに、戦闘用分体の身体能力はステータス換算で一万くらい。

でも、それはあくまでも身体能力の話。

この世界での戦いの優劣はステータスだけで決まるものじゃない。

かつての私はステータスで大きく上回る相手を前に、スキルの力で勝利をもぎ取ってきた。

システムから除外されてしまった今、スキルの力は使えないけど、その力を再現するために鍛えてきた魔術が私にはある。

そして、それは戦闘用分体にも言えること。

戦闘用分体のステータス換算一万の身体能力は、はっきり言って飾りだ。

もともと私って接近戦タイプじゃないし。

戦闘用分体、そして私本体の強みは、中距離の糸や毒を使った搦《から》め手《て》と、遠距離からの魔術攻撃にある。

身体能力はそれを補助するためのものに過ぎんのだ！

では！　私のその神髄をお見せしよう！

戦闘用分体各位！

つよロボに向けて次元斬発動！

私の号令に従い、各地で戦闘用分体たちが次元斬を放つ！

説明しよう！

次元斬とは、空間魔術で敵がいるその空間を分断することによって、防御不能の斬撃とする必殺技なのだ！

空間自体を分断するため、物理的な強度で防御することは不可能！

以前、鬼くんをはるか上空に転移させて墜落させたように、空間魔術は対策がなければ防ぎようがない必殺技と化す。

あんまりにも反則的に強いせいで、スキルである空間魔法にはそういった即死系の技には制限が設けられていたけど、今の私にそんなものはない！

つまり、防御不可能な即死技を出し放題！

いくらつよロボだろうとこの技を前にして無事では済まな……。

……あ。

戦闘用分体たちが一斉に放った次元斬。

しかしながらつよロボの装甲表面にコーティングされた抗魔術結界によって不発に終わる。

……ま、まだ慌てるような時間じゃない！

ビークール……。ビークール……。

そうだよ。

ちょっとテンションおかしくなって次元斬を斉射とかしちゃったけど、よくよく考えればつよロボに効くわけないじゃん！

次元斬は空間に作用する魔術。

そして、つよロボがその装甲に展開しているのは、範囲内の魔術の発動を阻害する結界。

はい、範囲内の！

言い換えれば空間内の！

空間内の魔術の発動を阻害する結界が張られているところに、空間に作用する魔術を使う。

うん！　結果は見ての通りだよ！

発動すらしないわ！

相性最悪ですわ！

ムムム。

これは次元斬だけじゃなくて、攻撃系の空間魔術はほとんど効かないと考えてよさそう。

空間魔術は対策がないとどうしようもない、理不尽攻撃と化す。

が、対策があると全く効き目がなくなってしまう、極端さもある。

次元斬のように空間を分断するのも、空間ごと押しつぶすのも、鬼くんにやったように転移させてどっかやばいところに飛ばすのも、みーんな通用しない。

空間魔術は空間に作用するのだから、その空間に作用されないようあらかじめブロックしておけばいいんだよね……。

つよロボの抗魔術結界は空間魔術だけを意識したものじゃないだろうけど、対策としては完璧《かんぺき》と言わざるをえない。

しかし、どうしたもんか……。

私の手札の中で一番理不尽な攻撃手段である空間魔術が効かないとなると、あと取れる手は限られてくるぞ……。

抗魔術結界を無視するには物理攻撃が手っ取り早いけど、何度も言うように戦闘用分体の身体能力はステータス換算で一万程度。

同格の人形蜘蛛たちがその装甲に傷をつけられなかったことからして、突っ込ませても有効打を与えられるとは思えない。

玉砕覚悟でいいのなら死滅系の攻撃を使えばいけると思うけど……。

死滅系の攻撃はスキルで言うところの腐蝕《ふしょく》攻撃。

スキルの頃《ころ》から反動がでかい代わりに威力は申し分のない自傷攻撃だった。

使うともれなく体の一部が消滅したからね。

でも、その多大なる反動ですらスキルの頃は抑えられていたものだったらしい。

戦闘用分体で死滅系の力を使うと、その分体は消滅しちゃうのだ。

つまり、完全な自爆攻撃。

その分威力は申し分ないけど、使ったら最後、分体一体を犠牲にしなければならない。

そうなると、つよロボおおよそ千体を倒すために、同数の分体を消費しなければならなくなる。

さすがにそれは費用対効果としてどうなの？　ってなるわけで。

例外的に本体ならばマイ武器の大鎌を使えば、その自傷ダメージを受けずに死滅の力を振るえるけど、つよロボ千体を本体でいちいち倒していたらきりがない。

分体による死滅系の攻撃は、他の手段でどうにもならなかった場合の最後の手段だな。

とりあえず肉弾戦と死滅系の能力を使うのは却下。

じゃあ、魔術はというと、一番得意な空間魔術はさっきの通り。

二番目に得意な闇系の魔術はどうかな？

というわけで、適当な分体につよロボに向けて暗黒槍《やり》もどきの魔術を放ってもらう。

つよロボの装甲に闇の槍が直撃。

抗魔術結界と闇の槍が内包するエネルギーとが反発しあったのか、つよロボがのけぞってたたらを踏む。

抗魔術結界もスキルの龍結界みたいに、魔術の発動を阻害している。

とは言えそれにも限界があるから、結界の出力以上の力でゴリ押しすればその差分のダメージは与えられる、はずなんだけど……。

闇の槍をくらったつよロボは、直撃を受けた箇所の装甲がわずかに傷ついていた。

……これはあきまへんわ。

今の攻撃であの程度のダメージって……。

一応ダメージは通ってるけど、いったい何発ぶち込めば倒せるんだって話ですよ。

まともに相手してたら日が暮れるわ。

ていうかその前に戦闘用分体のほうにも無視できない被害が出るわ。

そうなったら泥仕合待ったなし。

うーん。魔術による撃破もちょっと難しそうやな……。

となるとあとは糸と毒？

毒って……。機械に毒って……。

うん。効くイメージがわかない。

糸は、メイン攻撃手段じゃないし……。

相手の動きを止めたりするトラップであって、他の攻撃手段があって初めて輝くものだからなー。

その他の攻撃手段が軒並みダメ出しされちゃってる現状……。

……あれ？

詰んでる？

……イヤイヤイヤ！

まだだ！

まだ諦《あきら》めるには早い！

まあ、冗談はさておき、つよロボを倒す手段はまだ残ってる。

しかも絶対倒せるって自信を持って言える手段が。

じゃなきゃ、ポティマスなんかに負けるわけがない（キリッ）とか、自信満々で言わないって。

ただ、その手段はできれば温存しておきたいんだよなー。

なるべくならこの場で披露したくはない。

となると、どうやってそれを使わずにつよロボを倒すか……。

うーん。ちょっともったいない気もするけど、これしかないか。

対ポティマス用に用意していた特別な弾。

こいつを使おう。

もともとポティマスがこの抗魔術結界を使ってくるのは知っていたことだし、私だってその対策はちゃんとしていたわけですよ。

できればポティマス本人にぶつけたかったけど、そうも言ってられない。

このつよロボは放置していると吸血っ子たちにも被害を及ぼしかねない。

切り時としてはここでしょう。

というわけで、コネクト！

本体と空間専門分体の間にパスをつなげる。

空間専門分体はその名の通り、空間魔術に特化した分体。

普段は異空間を作り出してその中にいる。

そして、今回はその空間専門分体が作り出し、管理している異空間の一つに用がある。

そこから本体を通して、とあるものを取り出すのだ。

よーく狙《ねら》って外さないようにしないと。

なんせこの弾は貴重だからね！

ポティマスが弾の消費をやたら気にしてた気持ちがちょっとわかるくらいには、この弾は用意するのが大変なんだよ！

まあ、ポティマスの弾とこの弾じゃものが違うので、どっちがより貴重なのかはちょっとわかんないけど。

では、その特別な弾を使って、つよロボを撃破しよう。

狙《ねら》いを定めてー、発射！

私が発射した弾が、目の前のつよロボに着弾する。

その弾はつよロボの装甲をあっさりと貫通、ていうか粉砕。

それだけにとどまらず、弾はさらに直進し続けて進路上にいた弱いほうのロボを次々に粉砕していく。

狙ったわけでもないのに、たまたま進路上にいた二体目のつよロボすら粉砕して、最終的に明後日《あさって》の方向に飛んで行った。

……こっわ⁉

これ発射するなら、ちゃんと軌道計算しておかないとヤバイやつだ！

間違って進路上に味方がいたら大惨事になる！

イヤ、威力がクッソ高いのはわかってたことだったんだけどね？

でもこれは過剰火力というか、なんというか……。

ありていに言って、やりすぎ？

このちょっと過剰すぎるくらいの火力を発揮した弾の正体は、一言で言えばメテオである。

うん、メテオ。

隕石《いんせき》、ていうか、宇宙空間からこの星に向けて落下させたものっていうか。

物質的なことを言うのであれば、神話級の魔物の素材からできている。

ほら、吸血っ子とか鬼くんとかがエネルギー回収とレベリングついでに狩ってたやつ。

その中から耐久力の高そうなよさげなのを選別して、弾にした。

ぶっちゃけ形にはこだわらない、っていうかこだわっても仕方がないので、頑丈であればＯＫ。

ただ頑丈なだけじゃなくて、大気圏突入の際の過熱にも耐えられなきゃいけなかったけどね。

それでいくつかはダメになったし。

で、その条件を満たした弾を、宇宙に転移させてこの星に降らせます。

衛星の周回軌道に乗らない範囲内であれば、転移させるだけで勝手に落っこちてきてくれる。

問題はその後で、落下してきた弾をうまくキャッチすること。

これができないと弾はそのまんま地面に激突するからね。

じゃあ、どうやってキャッチすんのかっていうと、落下地点に先回りして地面に衝突する直前に異空間に放り込むわけ。

真空状態で一直線の、ある程度進むとループする異空間にね。

このループ異空間の中にメテオ弾を放り込んでおくと、放り込んだ瞬間の速度を維持したままグルグルと永久に直進し続けるわけですよ。

真空で空気抵抗がないからね。

そして速度を維持しているということは、衝突した際の破壊力もそのまんまということ。

これを異空間から出せば、まんまメテオアタックとなるというわけです。

以前ポティマスにくらわせたのは上空からの巨大岩石落下攻撃だった。

けど、それだけじゃちょっと威力として弱いかなって思って、正真正銘のメテオにしたんだよね。

ただ、落ちてくるまでのタイムラグもあるし、落ちてくる距離が距離だから落下地点がきちんと計算してやらなきゃずれるんよね。

その落下地点も、標的が動いちゃえば元も子もないし。

タイムラグがある分、逃げる時間は稼げるしねえ。

そういったもろもろの問題を解消するために、落としたメテオを異空間に保存しておく方法を思いついたわけ。

イヤー、思いついたはよかったけど、実際に保存する段階は大変だった。

さっきも言ったようにキャッチするのが結構大変だったんだよね。

ほら、プロ野球の選手でも打ちあがったボール追いかけてキャッチするのは結構大変じゃん？

メテオも落っこちてくる前に落下地点に先回りしてなきゃいけないし、キャッチミスると周囲一帯が吹っ飛ぶしで、結構神経使ったんだよね。

それを弾数確保するために何回も繰り返して……。

まあ、苦労したかいあって威力は申し分ないけど。

その威力は、ｍｇｈで計算できる。

ｍが質量。

ｇが重力加速度。

ｈが高さ。

この三つの数値をかけたものが、その物体に内包された重力による位置エネルギーとなる。

これ高校物理で習うからね。

まだ習ってない人はぜひ覚えておこう。

まあ、言うてｍの質量は大気圏突入で燃えて減ってるだろうし、ｇもこの星って地球とは質量が違うだろうから数値変わってきちゃうし、hも重力圏外の宇宙から落っことしてるわけであてにならない。

つまり何が言いたいのかというと、正確な数値は出せないってことですよ！

じゃあ何で言ったんだって？

……ちょっとくらい知的ですアピールしてもいいじゃん。

え？　高校物理の基礎程度で知的アピールすんなって？

しょうがないじゃん！

私の記憶って高校までしかないんだもん！

もちろん知識もそれ相応にしかないわけで、知的アピールをするためには高校までに習うことでやりくりせねばならぬのだ！

その程度だったら知的アピールなんてやらないほうがいいと思われるかもしれないが、人間時にはかっこつけたくなるものなのだよ。

お前人間じゃないだろって？

……その通りでごぜえやす。

さて。現実逃避もそろそろ終わりにしよう。

対ポティマスのために用意したメテオ弾。

その威力は申し分ない。

申し分なさ過ぎてちょっとヤベーくらいだけど、問題なくつよロボも撃破できるとわかった。

そりゃ、ね。

純粋な物理攻撃だし、抗魔術結界は役に立たない。

装甲で防げる威力でもない。

我ながらやりすぎじゃないかとも思ったけど、備えあれば患いなし。

ポティマスの抗魔術結界に対抗するための、純粋物理攻撃手段として、コツコツ暇を見つけては弾の製造をしていたのだ。

その弾数、およそ一万。

つよロボの数を見て世界を滅ぼすつもりかポティマス！　とかなんとか言った私だけど、このメテオの雨を降らせたら私も世界滅ぼせそうよね……。

やらないけど。

まあ、そのうちの千発くらいは今ここで使っちゃうし、世界を滅ぼすことはできなくなるかな！

というわけで、残りのつよロボをちゃちゃっとお掃除じゃ！

あ、射線には十分注意してね！

流れ弾で味方を死なせちゃったとか、笑えない事故は起こさないようにしないと。

よく考えもせずに一発目をぶっ放しちゃったのは軽率だった。

たまたま射線上に味方がいなくて、たまたま二体目のつよロボがいたから結果オーライだったけど。

まあ、でも、おかげで弾一発につきうまくすれば二体以上撃破できるとわかった。

それなら、狙《ねら》ってくしかないっしょ！

弾も有限だからね。

節約できるんなら節約しなきゃね。

というわけで、つよロボが二体以上一直線に並んでて、かつその延長線上に味方がいないコースを割り出す。

千里眼で俯瞰《ふかん》的に見ればこういうこともできる。

いくつかよさげなコースを発見し、即座に戦闘用分体をその射線上に転移させ、メテオ弾を発射させる。

轟音《ごうおん》が同時にいくつか響き渡る。

うひょー！

ねえ！　今の見た⁉

一発で五体のつよロボ仕留めたよ！

きんもちいいいいぃぃぃぃ！

この脳汁がどばーって出る感覚、癖になりそう！

今の一斉発射でつよロボをかなりの数減らすことができた。

一発で最大五体のつよロボを同時に仕留めることができたし、滑り出しは上々。

最低でも一発で二体のつよロボを破壊できてる。

つよロボも現在進行形で動いてるわけだけど、進行方向はだいたい一緒だからねー。

帝国軍および魔族軍のほうに向かうか、クイーン率いるタラテクト群団のほうに向かうか。

進行方向がわかってれば、同時に狙うのも簡単。

メテオ弾は破壊力もさることながら、発射された際のスピードもヤバいので、いくらつよロボで

あろうとも避けるのは困難。

警戒していなかった遠距離から、いきなり必殺の一撃が飛んできたら、そりゃ対応しきれないってもんですよ。

とは言え、さすがに今のはやりすぎたか。

もうすぐ帝国軍やらに接敵するという一部を除き、つよロボが一斉に反転。

周囲を警戒し始める。

つよロボたちが新たに目標に定めたのは、もちろん戦闘用分体たちだ。

さっきの一斉発射は戦闘用分体たちが発射直前につよロボの近くに転移して不意打ちしたわけだけど、こう警戒されちゃ、不意打ちは難し……くもないか。

転移からの即発射とか、それだけで十分不意打ちだし。

少なくとも先手は確実に取れるんだから、反則だよね。

こういうチートチックなことができちゃうから、スキルの空間魔法による転移には、他の魔法は準備してても転移したらそれがキャンセルされちゃうって制限があったんだろうね。

私も何度それができれば！　って思ったことか。

しかーし！

神化した今の私にそんな制限はない！

抗魔術結界を使うつよロボに対して、空間魔術による直接攻撃は効かない。

しかし、それ以外での空間魔術の使用に制限がかかっているわけではないのだ。

戦闘用分体が転移するのも、そこからメテオ弾を発射するのも、やりたい放題。

これを防ぐためにはポティマスのボディのように、広範囲に抗魔術結界を展開せざるをえないけど、つよロボにその能力はないっぽい。

仮にあったとしても、その範囲外からメテオ弾を発射すればいいだけの話だし。

メテオ弾は発射の瞬間こそ空間魔術を使って異空間から取り出してるけど、それ以外はホントにただの物理攻撃だし。

広範囲に抗魔術結界を展開しようと、意味はない。

だてにポティマス対策として用意したものじゃないのだ。

ていうわけで、第二射、最初の一発含めたら第三射か、行ってみよーう！

戦闘用分体転移！　かーらーのー、メテオ弾発射！

それだけで上位龍さえ超える戦闘能力のつよロボが、何の抵抗もできずにたった一発で粉々に砕け散っていく。

きんもちいいいぃぃぃぃ！

圧倒的強者《つわもの》を、それ以上の理不尽な手段で、ボロクソにする！

快！　感！

つよロボは強い。

間違いなく強い。

実際、この世界ではメチャクチャ強い部類に入る人形蜘蛛《ぐも》たちが手も足も出ていなかった。

私だって真正面からやり合ったら結構手間がかかる相手だ。

ポティマスがこのつよロボを作るために、どれだけの労力をかけているのか、その苦労がその強さから少しは察せる。

その労力を一瞬で無に帰すこの快感！

たまんねーっすわー。

ポティマスが苦虫嚙《か》み潰《つぶ》してる顔を想像するだけでご飯三杯いけますわ。

この達成感の代償が、森がちょこーっと消失するくらいで済むんだから安いもんだよね。

……うん。

そりゃ、メテオ弾なんてもんを複数ぶっ放してたら、森がえらいことになるのは目に見えてるよね……。

横に撃ち出してるから本物のメテオみたいに地面に衝突しない分、地形に与える打撃は少ないけど、メテオ弾が通った場所はくっきりと破壊の爪痕《つめあと》が残っている。

環境破壊、いくない。

でもでも！　これは不可抗力なんだよ！

必要な犠牲ってやつさ！

まあ、上位龍クラスのやつが一体だけでも周辺の地形が変わるくらいの激しい戦闘になることはあるし、その上位龍を超えるつよロボが千体もいたらそりゃな、としか言えない。

この戦闘が終わったころにはこのエルフの森が更地になってても不思議じゃないね。

絶賛更地にしてる私が言うことでもない気がするけど。

現在進行形でメテオ弾撃ちまくって更地を増やしてますけども！

つよロボが相手ならある程度戦闘用分体の消耗も覚悟しなきゃならないと思ったのも今は昔。

転移からのメテオ弾による強襲のコンボで面白いくらい一撃必殺。

つよロボの数がどんどん減っていく。

さすがに一発のメテオ弾で複数体同時撃破は難しくなってきたけど、一発で確実に一体は破壊できている。

順調そのものと言えよう！

このままいけばすぐにでもつよロボを全部破壊でき……おや？

私がつよロボと戯《たわむ》れている間に、別のところで動きがあったようだ。

吸血っ子と鬼くん。

その二人と対峙《たいじ》するのは山田くん一行だ。

で？

なんでその山田くんがメッチャもがき苦しんでるの？

吸血っ子！

お前何した⁉

王5　見送る王

『みんな応援ありがとーう！』

テレビから、慣れ親しんだ声が聞こえてくる。

テレビの中にいる男性アイドルは、この孤児院出身のキメラの一人だ。

彼は見た目は普通の人間だった。

イヤ、普通ではなかったか。

非常に見目麗しかった。

その見た目を武器にして、芸能界に足を踏み入れていった。

そのテレビを険しい表情で見つめる女の子。

彼女はアイドルとなった彼と喧嘩《けんか》別《わか》れしていた。

芸能界に行きたいと言った彼と、孤児院を捨てるのかと言った彼女で。

彼女の見た目は、彼とは逆に人間離れしていた。

組み込まれた龍の遺伝子が強く出ていたのか、人型の龍とでも言うべき姿だったのだ。

その見た目で人間社会に出ていくことはできず、孤児院にしか居場所がなかった。

だから、孤児院から出ていってしまう仲間たちのことが許せなかったのだろう。

その頃《ころ》、芸能界入りした彼だけでなく、徐々に孤児院の外に出ていく子たちが増えていた。

芸能界入りした彼以外はフラッと帰ってくることも多く、どちらかというと外泊が増えたという印象だったけれど。

私たちはすでに、外泊ができる年齢になっていた。

残念ながら私はその数年前から成長が止まっていたので、実年齢よりも下に見えたけれど。

体質的にどうしても栄養が足りていなかったせいだ。

成長していようがいまいが、車椅子から長時間離れられない私には関係のないことだったけれど。

少し、普通に成長できる他のみんなが羨《うらや》ましかったのは秘密だ。

私以外は年相応の見た目になり、その中でも人間と変わらない外見、もしくは人間に近い外見の子たちは、積極的に外に繰り出すようになっていた。

中にはあの喧嘩《けんか》っ早《ぱや》い二人組のように、外見が人間とは一目で異なるとわかるのに、外に繰り出す子も少数だけどいた。

彼ら彼女らの共通した思いは、いつまでも孤児院にお世話になりっぱなしじゃいられない、だった。

少しずつ、自活できるように、自立し始めていた。

孤児院に残っていたのは、私のように他に行き場がない子たちだ。

私はテレビから視線を手元に戻した。

私がしていたのは、ハンカチの刺繍《ししゅう》だ。

私も外に出ることはできないけれど、何かできることはないかと思って刺繍に手を出した。

それくらいしかできなかったというのもある。

けれど、刺繍をしたり、時には編みぐるみなどを作ってそれを売りに出して、多少の小金を稼ぐことはできていた。

ホントに雀の涙ほどの小金だったけれど。

他のみんなが自立しようとしている中、私だけが置いてけぼりをくらったような、そんな寂しさがあった。

「ただいま」

その時、目をアイマスクで隠した青年が孤児院に帰ってきた。

「おかえり」

「おかえりなさい」

「うん。あ。あいつ出てるんだ」

テレビから漏れ聞こえる声で、芸能界入りした彼がテレビに出演していることがわかったようだ。

「頑張ってるんだな」

「どうだか。枕営業してるなんて噂《うわさ》もあるのよ？」

枕営業、普通女性が多いけれど、男性も体を売って仕事をとってくることがある、らしい。

都市伝説のようなもので、ホントにそんなものがあったのかどうか、私は知らない。

「まあ、あいつもそこらへんの分別はあるだろ」

「だといいけど」

「[redacted]ちゃん。言い過ぎよ」

「アリエルちゃんはあいつのこと擁護するの？」

「[redacted]くんも私たちのためにしてることだもの」

彼は、芸能活動で稼いだお金の大半をこの孤児院に寄付していた。

それは、私のような外でお金を稼げない子たちのため。

もっと言うのなら、彼に文句を言っている彼女のためだったんだと思う。

だって、はたから見るとこの二人は両思いだったんだから。

「……そんなこと、私は望んでないわ」

「……一度ちゃんと話し合ったほうがいいと思うよ」

この二人はすれ違って、こじれているように感じていた。

だから、私はそうアドバイスをした。

「あっちから連絡が来ればね。あいつ、ろくに帰って来すらしないじゃない」

でも、意地っ張りな彼女は自分から動こうとはしなかった。

……結局、この二人が仲直りすることはなかった。


私は一人、黙々と刺繍をしていた。

それは売り物ではなく、プレゼントするためのもの。

「ただいま」

「おかえり」

いつかと同じように、アイマスクをした青年が帰ってくる。

ちょうど、その時に刺繍をしていたのはそのアイマスクの青年にプレゼントするためのハンカチだった。

彼は目が見えない。

だから普通の刺繍ではそこに描かれているものがわからない。

なので、私はわざと凹凸が激しくなるようにして刺繍を施し、手触りで何が描いてあるのかわかるように工夫していた。

刺繍していたのは花だ。

彼だけにじゃない。

私は孤児院の全員分のハンカチを作っていた。

全員分ができてからいっぺんに渡すつもりだったので、その時はまだ誰《だれ》にも渡していなかったけれど。

私は、みんなに私が生きていた証《あかし》を持っていてほしかった。

私の形見として。

私の体調は一向に良くならなかった。

孤児院に保護された直後は、それまでよりも環境が改善されたことで少しだけよくなった。

けれど、その後はずっと横ばい。

どれだけ頑張っても、車椅子から降りて歩ける距離は変わらなかった。

むしろ、時間が経《た》つにつれてそれも短くなっていた。

きっと、私はもう長くない。

その実感があった。

だから、みんなに私のことを覚えていてもらえるように、形に残るものを贈りたかった。

「……完成しそう？」

「うん。たぶん間に合うと思う」

刺繍をしたハンカチをみんなにプレゼントすることは、誰にも言っていなかった。

けれど、アイマスクの彼は孤児院のリーダー的存在で、目は見えないけどみんなのことをよく見ていた。

だから、私がしようとしていることも、なんとなくわかってたんだと思う。

その時の私の体調は安定していたけれど、季節の変わり目などで風邪などを引けばどう転ぶかわからない。

いつ、ぽっくり逝ってしまうか。

だからなるべく早く完成させて、みんなにプレゼントしたかった。

でも、急ぐあまり手を抜いたものを渡すのもイヤだった。

一つ一つ丁寧に。

渡す相手のことを想《おも》って。

一針ごとに、糸に私の想いを染み込ませるように。

みんなが自立し始めて、私は置いて行かれたように感じていた。

けど、きっとみんなを置いて行ってしまうのは、私のほうだ。

この時のハンカチは、何とか全員に手渡すことができた。

でも、置いて行かれたのは、やっぱり私のほうだった。

「サリエルはいるか？」

その日、孤児院にギュリエがやってきた。

私から見て、ギュリエはちょくちょく孤児院に顔を出していた。

ギュリエは孤児院ができたくらいの時期は、まだサリエル様を特別意識していたわけではなかったように思う。

けど、ちょくちょく顔を合わせることで、徐々に気になっていった。

そんなふうに見えた。

劇的な何かがあったわけではない。

ただ、日常の何気ないやり取りが重なって、それがいつの間にか恋になる。

私は我ながら狭い世界で生きていたけれど、こういう恋の仕方もあるのだなと感心したものだ。

「サリエル様は出かけてるよ」

「……そうか」

見るからに落胆したギュリエは、持ってきたお土産のお菓子を私に渡した。

ギュリエは私に配慮してか、持ってくるお菓子は柔らかいゼリー系のものが多かった。

その配慮がサリエル様にもできればよかったのに、この男は肝心なところでヘタレるので、いつもアピールに失敗している。

「……そんなに会いたいのなら、会った時にその嬉《うれ》しさを素直に表現すればいいのに」

「……そういうわけではない」

とか何とか言うけど、ギュリエの心は孤児院の全員が知るところだった。

「そんなんだからサリエル様に伝わらないんだよ。ただでさえサリエル様はそういうの絶望的に鈍いのに」

「……だからそういうのではない」

私はやれやれと大げさに溜息《ためいき》を吐いてみせた。

「む？　刺繍か？」

「うん」

ギュリエは話題を変えようと思ったのか、私の手元を見てそう言った。

「ギュリエの分も作ろうか？」

私は自然とそう提案していた。

孤児院から出られない私にとって、孤児院にちょくちょく顔を出すギュリエは部外者の中で最も親しい人物かもしれなかった。

だから、ギュリエにもハンカチを残していいかもしれないと、そう思ったのだ。

「私に作るくらいならまずはサリエルに作ってやれ」

「もちろん。作ってあるよ」

サリエル様のハンカチは真っ先に作った。

「ならば、気が向いた時にでも作ってくれ」

ギュリエは柔らかく笑い、私の頭をポンポンと叩《たた》いた。

「ただし、無理はするなよ？」

「……その優しさをサリエル様に向ければいいのに」

「……だからそういうのではないと」

「ただ今かえりました」

その時、ちょうどサリエル様が帰ってきた。

「サ、サリエル⁉」

「はい。ギュリエ。いらっしゃい」

「い、今の会話を聞いたか⁉」

「否。人の会話を盗み聞く趣味はありません」

「そ、そうか」

あからさまにホッとするギュリエ。

でも、サリエル様のことだから、たぶん会話を聞いていたとしてもギュリエの気持ちは伝わっていなかったと思う……。

「それで、ギュリエはいかようで？」

「なに。息災かどうか確認しにな」

ギュリエはそう言って私のほうを見た。

そこでどうして私のほうに舵《かじ》を向けるのか。

これではサリエル様からは、ギュリエは私のお見舞いに来たように見えるじゃないか。

素直にサリエル様に会いに来たんだと言えばいいのに……。

ギュリエのヘタレっぷりは見ていると非常にもどかしかった。

でも、寿命のない龍と天使であるギュリエとサリエル様にとって、急ぐ必要は全くなかったのかもしれない。

私もその後、寿命があってないようなものになったので、多少はその気持ちがわかる。

ただ、やっぱりできるうちにやっておかないと、後々後悔することもある。

今でも、私はギュリエはもっと積極的にサリエル様を口説いておくべきだったと思う。

それにサリエル様が応《こた》えたかどうかはわからないけれど、結果はどうあれきっと今ほどギュリエも後悔はしていなかっただろう。

ギュリエはもう、サリエル様を口説く機会もないのだから。

……そういえば、私も結局ギュリエにはハンカチを作ってない。

まずは孤児院のみんなの分からと思って後回しにしていた。

そして、その孤児院のみんなの分が出来上がったのは、ギリギリのことだった。

……サリエル様と、お別れすることになるその日の。

そしてその後は、システムができあがって世界中が混乱してしまった。

そのせいですっかりギュリエのハンカチを作るなんてこと、忘れてしまっていた。

……そうだ。

これが済んで、時間ができたら、ギュリエのハンカチを作ろう。

きっと……。

黒5　一人語り　ＭＡエネルギー

フォドゥーイも被害を受けた吸血鬼化事件。

それによってポティマスは世界的に指名手配された。

いかに慎重な奴《やつ》でも、活動している規模が大きすぎた。

さすがに奴の活動全《すべ》てを隠し通せるわけはなかったということだ。

しかし、そこでただ追われるだけの犯罪者にならないところが奴が奴たるゆえんだろう。

本当にしぶとい男だ。

ポティマスは指名手配されるのとほぼ同時に、とある研究成果を発表したのだ。

それは、ＭＡエネルギー理論。

禁忌のスキルをレベル10にすれば、ＭＡエネルギーというその単語が出てくるはずだ。

それ以外でも、もしかしたらこの単語を目にしたことがあるかもしれないな。

なにせ、それこそがこの世界の人間たちが犯した最大の罪だからだ。

時が経《た》ち、当時何が起きたのかを人々が忘れ去っても、それでもどこかで語り継がれていることがあるやもしれん。

ほかならぬ神言教の教皇、ダスティンなどは当時を知る一人だからな。

さりげなく教義の中にそういった断片的な情報をちりばめていてもおかしくはない。

む？　その言い草は私が神言教の教義を詳しく知らないようではないか、と？

その通りだ。

私は神言教の教義など詳しく知らない。

私が神言教の教義を詳しく知らないことがそんなに不思議か？

ありていに言ってしまえば興味がわかなかったからだな。

……酷《ひど》い理由だと思うか？

たしかにな。

だが、考えてもみてほしい。

あの神言教という宗教は、ダスティンが人族を救うためだけに作り上げたものだ。

細かい上っ面の教義をすべて払いのければ、その本質は人族至上主義。

魔族も、さらには神である我々すらも、犠牲にしてでも人族を生かす。

そういうものだ。

私はまだしも、サリエルを犠牲にしてでも人族を救うという教義に、どうして興味が持てよう？

ダスティンがそういった方向にかじを切った理由はわかっている。

それがダスティンなりの覚悟の表れだというのもな。

だから、ダスティンを責めるつもりはない。

だが、個人の感想では気に食わんと思うのは自由だろう？

狭量かもしれんが、どうしても歩み寄る気にはなれなかった。

一応管理者として中立であったとは思うのだがな。

むしろ、ポティマスと敵対しているという点では応援していたくらいだ。

話を戻そう。

そのポティマスの話だ。

奴が発表したＭＡエネルギー理論は、当時の世界に震撼《しんかん》をもたらした。

ところで、聞くところによると、転生者たちの世界でのエネルギーの収集方法は物理的なものだそうだな。

物理的というのは、魔術的ではない、石油や太陽光といった自然由来の物質によるものだ。

当時のこちらの世界も似たようなもので、人々の生活に必要なエネルギーは物理的な手段によって確保されていた。

私たち龍やサリエルがいようと、そこは転生者たちの世界と変わらなかったわけだ。

そこに一石を投じたのが、ＭＡエネルギー理論だ。

ここまで言えばそのＭＡエネルギーとやらがどういったものなのか、うっすらと片鱗《へんりん》は見えてきたのではないか？

そう。ＭＡエネルギーとは魔術的な方法で収集されるエネルギーのことだ。

それまで物理的にエネルギーを確保していた人間にとって、ポティマスの発表したＭＡエネルギー構築理論は、まるで無から有が生み出されているように見えたことだろう。

実際に、ＭＡエネルギーについてはこう評されている。

無から生み出される夢のエネルギー。

環境に問題を起こすことなく、いくら使ってもなくならない夢のエネルギー。

……馬鹿馬鹿しい。

そんなものが存在するはずがなかろう。

使えばなくなる。

それは物理だろうが魔術だろうが不変の真理だ。

人間にはそれがわかっていなかった。

否。わかっている人間はいた。

ダスティンなどはその一人だ。

しかし、大多数の人間というものは自分に都合のいいことしか信じない。

追い詰められた人間ならばなおさらだ。

ＭＡエネルギーに真っ先に飛びついたのはそういった追い詰められた人間だった。

いわく、貧困層と呼ばれる人間、というよりかは、国家だ。

国とて貧富の差がある。

貧しい国はＭＡエネルギーに夢を見たのさ。

ポティマスの発表したＭＡエネルギー理論には、ＭＡエネルギーを得る方法だけが記されていた。

発表当初は半信半疑だったものの、追い詰められた貧困国家はそれに手を出した。

こういうのを転生者たちの世界では藁《わら》にも縋《すが》る思い、というのだったか？

実際に縋った藁によって、それらの国家は一時持ち直すことに成功した。

ＭＡエネルギーは純粋にエネルギーとしてだけ見た場合は確かに優れていたからな。

ＭＡエネルギーによってエネルギー問題を解決した国家は急速に発展していった。

それを快く思わない石油などの産出国との軋轢《あつれき》などもあったのだが、それはいま語っても仕方がないので割愛しよう。

そうして貧困国家がＭＡエネルギーによって発展していくと、今度は発展途上国が手を出し始める。

そっちが発展するのならうちだって、といった具合だな。

そうして徐々にＭＡエネルギーを取り扱う国が増えていった。

だが、すべての国がそうだったわけではない。

ＭＡエネルギー理論を発表したのが指名手配されているポティマスだったこと、ＭＡエネルギー自体が得体の知れないものだったこと、先に述べたように石油産出国などはＭＡエネルギーの台頭が許せなかったなど、理由はいくつかあるが、ＭＡエネルギーに否定的な国家も存在した。

ダスティンが大統領を務めていた国もその一つだ。

奴《やつ》の国は何分《なにぶん》巨大国家だったからな。

その巨大国家が否定的な態度を見せていれば、しり込みする国家も出よう。

しかし、時流というものは止め難い。

時を追うごとに人間たちはＭＡエネルギーを使うことに肯定的となっていった。

エネルギー問題の解決という、目に見える成果があったからな。

それだけでなく、もう一つ、ＭＡエネルギー理論と同時にポティマスが発表していた研究成果によるところが大きい。

それは、ＭＡエネルギーによる進化論。

ＭＡエネルギーを用いて、人間を進化させるというものだ。

ポティマスが吸血鬼化などに手を出して研究していた成果の、その途中経過発表のようなものだ。

しかし、奴にとっては途中経過でも、その成果は人間たちにとって無視できないものだった。

MAエネルギーを大量に消費して施術をされた人間は、新たなステージに立つことができた。

変化は主に二つ。

身体機能の上昇と、寿命の延長だ。

特に注目されたのは寿命の延長だ。

施術はMAエネルギーを大量に必要とすることから、富裕層が主に行っていた。

その富裕層が欲しくとも手に入らないものこそ、寿命だ。

残念ながら不老とはいかぬが、金を払えば寿命が延びるのだ。

飛びつくのは目に見えている。

こうした富裕層がMAエネルギーを求めるため、先進国でもMAエネルギーを解禁する国は多かった。

実際にその施術を受けた人間の数は、全体の人数に比すれば少ない。

あくまで当時の人口に比すればの話だが。

いかんせんMAエネルギーの消費量が多すぎた。

MAエネルギーは人間たちから見れば無限に湧《わ》いて出ていたように見えただろうが、それも一気に量が集まるものでもなかった。

世界中の多くの国家がMAエネルギーだけで運用が賄えるだけの量は確保できていたのだがな。

それでも間に合わないあたり、進化に必要なMAエネルギーの量がいかほどかわかろう。

だからこそダスティンも連中を許せんのだろうな。

同じ人間というくくりにありながら、人族とあえて分け、人族の敵として扱っているのだからな。

その進化を施したものたちの末裔《まつえい》のことを、魔族という。

MAエネルギーを大量に消費し、結果的に世界の崩壊を早めたものたちだ。

かつては富裕層であり、特権階級だった人間たち。

現代の魔族が種族として生きるか死ぬかの瀬戸際に立たされているのを思うと、何とも言えん気持ちになる。

それが彼らに与えられた罰だったのだろうな。

と、魔族の成り立ちはそんなところだが、貧困国家から始まったMAエネルギーの運用は、結果的に発展途上国や先進国にも広がっていった。

これに否を唱え続けた国家は少ない。

ダスティンのところくらいか。

だが、国家ではないところで否を唱え続けたものたちがいる。

それが我ら龍と、サリエルだ。

MAエネルギーは魔術的方法で収集されている。

であれば、魔術に精通した我らがその正体に気づかぬはずもない。

だからこそ、警告していたのだ。

MAエネルギーは使うな、と。

その警告が実を結んだかどうかは、現状が物語っているな。

ああ、人間たちには聞き入れられなかった。

我ら龍に対する恐怖が足りていなかったのだ。

過去には一つの国家を一昼夜に滅ぼしてやったこともあったのだが。

あの時は、何を血迷ったのかとある国家が我ら龍の住処《すみか》に新型の爆弾を投下してきたのだ。

無論、我らがその程度でどうにかなるはずもない。

報復としてその国には消えてもらった。

が、そんな大事件も歴史の教科書に記載があるだけで、その当時のことを実際に覚えている人間はもうほとんど生きていなかった。

世代が変わればその時に刻み込んだ恐怖も薄れる。

我ら龍にとってはついこの間の出来事でも、人間にしてみればはるか昔のことだったのだ。

しかし、サリエルに遠慮していた手前、人間に対して大規模な干渉をしたのがその事件の時くらいしかなかったのも災いしたかもしれん。

忠告を無視したくらいでは龍もそこまで怒るまい、という希望的観測が人間たちにはあったのだろう。

龍の脅威とMAエネルギーによる恩恵、両者を天秤《てんびん》にかけて、MAエネルギーをとったというわけだ。

我ら龍の忠告はそうして聞き流されてしまったわけだが、サリエルもまたこの時苦境に立たされていた。

他ならない、サリエーラ会の内部から突き上げをくらってしまっていたのだ。

医療に携わる者にとってエネルギー問題は無視できない事柄だ。

最新の医療機器はエネルギーなくして稼働できない。

さらに、ＭＡエネルギーを使用することで難病を克服する研究も盛んに行われるようになっていた。

そう、ＭＡエネルギーは医療従事者にとって希望の星だったのだ。

さらに、貧困層がＭＡエネルギーによって救われたのは先に話した通りだ。

貧困層の支援をしていたサリエーラ会としては、ＭＡエネルギーの使用をやめることに賛成などできなかった。

フォドゥーイが健在であれば、こうした内部分裂とも言うべき事柄にも対処できたのかもしれないが、いかんせん奴は吸血鬼化によって隔離されてしまった身だ。

そして、サリエーラ会はフォドゥーイの支援によって、大きくなりすぎてしまったという側面もある。

会長であるサリエルの意思一つで方針を決定できなくなるくらいにはな。

そういった理由で内部から突き上げをくらい、サリエルは表舞台から引っ込むことになった。

ちょうど、ポティマスの人体実験の被害者である子供たちを保護していたこともあって、その孤児院の運営にかかりきりになったというのもある。

それが良かったのか悪かったのか……。

あの孤児院出身の子供らはアリエル含めて後々多大なる影響を与えているからな。

サリエルにかかわらねばそうはならなかっただろうことを思うと、良かったのか悪かったのか判断に悩むところだ。

そうしてサリエルの主張はサリエーラ会の内部で封殺された。

しかし、我ら龍にしろサリエルにしろ、忠告が聞き入れられなかったからと言って人間たちがしていることを黙認したわけではない。

我らは知っていた。

忠告が聞き入れられなければ、遠からずまずいことになると。

なぜならば、MAエネルギーとは星の生命力、それを搾取したものなのだから。

星にも生命力がある。

我ら神は星から吐き出されている余剰エネルギーを吸収して生きている。

酸素を吐き出す植物と、二酸化炭素を吐き出す動物、その関係に似ているかもしれん。

しかし、人間たちが取り出していたMAエネルギーはそうではない。

余剰に吐き出されたものではなく、星が生きていくのに必要なエネルギーを無理やり引き出していたのだ。

そんなことをすれば、将来星が弱り、崩壊するのは目に見えたこと。

それを止めるために龍もサリエルもやめろと警告したのだ。

もちろん、理由も隠すことなく告げてな。

……だが、繰り返し言うが、人間は自分に都合のいいことだけを信じるものだ。

そして、都合の悪いことはなんだかんだ理由をつけて信じない。

愚かしい。

実に愚かしい。
その愚かしさの代償は、人間が想像しうるものを超えていただろう。
なぜ、人間は我ら龍の恐ろしさを忘れてしまったのか……。
そして、なぜ、龍が激怒しないなどと、希望的観測を持ったのか……。
今でも思い出せる。
我ら龍は長老に全員が呼び出され、集められていた。
そこで宣言されたのだ。

「人を淘汰《とうた》する」

その日、龍が人間に牙《きば》をむいた。

Güliedistodiez

ギュリエ

本名ギュリエディストディエス。真なる龍。生まれながらの超越種であるため、人間のことを下等生物と見下していた。しかし、サリエルやフォドゥーイとの出会いを経てその認識を改める。初めはサリエルのことが気に食わなかったのだが、意識しているうちにいつの間にか惹かれるようになった。しかし、無駄なプライドが邪魔してアプローチをかけることができず、そんな様子を見た孤児院の子供たちからはヘタレ呼ばわりされていた。MAエネルギーを巡る龍と人間との対立の末、龍から離脱。はぐれ龍となる。

間章　ポティマスとＭＡエネルギー普及

忌々しいことに指名手配されてしまった。

しかし、ＭＡエネルギーの普及は成功している。

進化論のほうも。

期待は薄いが、これらの論文を活用して、私以上の研究成果を挙げるものが出るかもしれない。

何も私自身が永遠の命を得る方法にたどり着かねばならないわけではない。

それが一番確実であり、信頼性が高いが、他の誰かがたどり着いたとしても、それが真ならば喜ぶべきことだ。

私の研究は行き詰まっている。

進化論で発表したように、寿命を延ばすことには成功した。

実はそれとは別に、さらに寿命を延ばす種族への進化も見つけている。

便宜上エルフと名付けたその種族に私は進化している。

だが、寿命は延びただけだ。

永遠ではない。

さらなる研究の必要があるが、それには膨大な量のＭＡエネルギーがいる。

個人でＭＡエネルギーを集めるには限界がある。

だから普及させた。

ＭＡエネルギーの正体を知れば龍が黙っていないだろうが、知ったことか。

ＭＡエネルギーを使った結果、この星がどうなろうとかまわない。

研究に犠牲はつきものだ。

星が滅びる前に私の研究が成就すればそれでいい。

もし星が滅びる前に研究が成就しなければ。

その時は滅びる寸前の星など捨てて旅立てばいい。

研究ができない場所に用はない。

人一人に永遠の命を授けることさえできない星など、こちらから願い下げだ。

すでに宇宙へと飛び立つ準備は完了している。

どうせ遅かれ早かれ、ＭＡエネルギーを使いだした段階でこの星は滅びることが決まっているのだ。

私の研究のために搾れるだけ搾り取ればいい。

他の人間どもにはせいぜい龍の怒りを集めておいてもらおう。

どうせ、この星が滅びる時はともに滅びる連中だ。

せいぜい私の役に立って死ね。

6　決戦　邂逅《かいこう》

ちょっと山田くんたちのことが気になるのでそっちに駆けつける、前に。

戦闘用分体を四体呼び出して、人形蜘蛛《ぐも》たちをその上に乗っけておく。

こうしておけば万が一何かあっても戦闘用分体の転移で逃げられるだろう。

しかし、戦闘用分体、つまりは一メートル弱の蜘蛛の上に乗っかった六本腕の幼女……。

これがキモカワイイってやつだな！

人形蜘蛛たちは戦闘用分体に乗ったまま颯爽《さっそう》と駆けて行った。

心なしかノリノリに見えたのはきっと気のせいだ、うん。

後顧の憂いをなくしたことだし、山田くんたちのところに行こう。

転移発動！

で、実際に現場に駆けつけてみれば、なに？　このカオスな状況？

まず山田くんが頭抱えてぶっ倒れている。

意識は失ってないみたいだけど、その苦しみようは尋常じゃない。

なぜかその山田くんと隣り合うように、ハーフエルフが倒れている。

えーと、名前はアナとか言ったっけ？

で、山田くんに寄り添う大島《おおしま》くん。

山田くんを守るように立ちはだかっているハイリンスと漆原さん。

そのちょっと後ろにいる先生。

さらに田川《たがわ》くんと櫛谷《くしたに》さんがぶっ倒れている。

こっちの二人は完全に意識がない。

ここまででもかなりカオスな状況だけど、さらに夏目くんが吸血っ子のことを憎々しげに睨《にら》みつけており、吸血っ子は吸血っ子で殺気を隠そうともせず夏目くんをものすごい形相で睨んでいる。

鬼くんはその吸血っ子と夏目くんのほうには興味がないのか、山田くんのことを困惑した様子で見つめてるし。

ねえ？

これどういう状況？

誰か解説プリーズ！

と、思いはすれど、そんな暇はないと言いたげに事態は推移していく。

しょうがないので一番即物的にヤバそうな吸血っ子と夏目くんの間に割って入ることにしよう。

割って入るというか、夏目くんの背後に転移してきたんだけどね……。

とりあえず、夏目くんに気づかれないよう、そっと手を伸ばす。

そしてグワシッと頭を引《ひ》っ掴《つか》む。

……そっと手を伸ばしたんならもうちょい優雅に事を運べって？

そんな暇はない！

そのまま夏目くんの頭の中に寄生している分体に指示を出し、夏目くんの意識を奪っておく。

ついでに寄生している分体も回収しておこう。

夏目くんに果たしてもらわないといけない役割はもうあらかた終わったことだしね。

ここから先は好きにしてくれればいいよ。

その結果どうなるのかは自己責任ということで。

こんだけ利用しまくった挙句に放り出すのはどうなの？　と思われるかもしれないけど、私たちが利用する前から夏目くんは悪事働いてたしなー。

まあ、その報いだと思って受け入れてくれ！

分体が夏目くんの耳から這《は》い出してきたので、それを回収。

それと同時に意識を失って倒れる夏目くん。

「ご主人様、邪魔しないでくれる？」

と、ここで不機嫌なのを隠しもしない吸血っ子が話しかけてくる。

そう言ってもあーた、私が邪魔しなければ夏目くんのことぶっ殺してたでしょ？

何があったのか知らんけど、衝動的に人をぶっ殺してはいけません。

もっとカルシウムをとりなさい。

……そういえば一時期人形蜘蛛たちが吸血っ子に骨を食わせてたらしい。

もしかして、カリカリしてる理由は骨不足か？

吸血鬼なのに骨を食べるとはこれいかに？

「そんな、どうして？」

おっと。

どうでもいいことを考えていたら先生に声をかけられてしまった。

イヤ、声をかけたっていうか、独り言が漏れたって感じだけど。

「お久しぶりです、先生」

とりあえず返答はしておく。

その私の反応にビックリしたように見つめてくる吸血っ子と鬼くん。

わ、私だって挨拶《あいさつ》くらいするさ！

相手が先生だからっていうのもあるけど！

「若葉さん」

山田くんが呻《うめ》きながら私を視認し、その名を口にした。

と、同時に糸が切れたみたいに意識を失う。

死んではいないみたいだけど、さっきのあの様子を見ると油断はできない。

とにかくまずは容態を確認して、治療しないと。

そう思って一歩を踏み出したけど、その前に立ちはだかる人物。

倒れた山田くんを背に隠し、必死の形相で私に折れた剣を突き付けるのは、大島くん。

ううむ。

どっちかって言うと山田くんのこと助けようとしてるんだけど、そんな死んでもここは通さん！って感じで来られると、困る。

どうにかしろと大島くんのすぐそばにいるハイリンスにチラッと顔を向けるけど、それを奴《やつ》は無視しやがった。

どころか大島くんと並んで通せんぼする始末。

これは、ギュリギュリとしてじゃなくて、この場ではハイリンスとして振る舞うってことか？

うむ、ううむ。

ギュリギュリがそういう態度をとるってことは、山田くんの容態は緊急を要するものじゃないってことでＯＫ？

となると、慌てる必要はないか。

とりあえず、この混乱の元凶になってる奴をしばき倒すのが先やね。

「なぜかしら？　すごくよくないオーラがご主人様から出ている気がするのは気のせいかしら？」

気のせいではないよ、吸血っ子くん。

どうせお前がなんかいらんことしたんだろ！

さあ、キリキリ吐くんだ！

何をした⁉

「そんな責めるような顔をしないでよ。私何もしてないわよ？　ご主人様、何かあると私のせいだって決めつけるのはよくないと思うの」

嘘《うそ》だ！

「若葉さん、だよな？　これはどういうことなんだ⁉　シュンに何をした⁉」

大島くんが叫んでくるけど、今その山田くんにナニかをした容疑者を締め上げるところだからちょっと待っててておくれ。

「白さん、僕らは本当に何もしてないよ」

吸血っ子の首根っこ掴んで真相を洗いざらい話させようとしていたところに、まさかの鬼くんの弁護が発動！

「俊《しゅん》がそこに転がっているハーフエルフに何かして、いきなり苦しみだしたんだ。状況からして俊が何らかのスキルを使って、その副作用でも出たんじゃないかな？」

鬼くんの冷静な指摘に、吸血っ子が乗っかってうんうんと頷《うなず》いている。

「むしろ、何かをしたというのであれば、ソフィアさんじゃなくて僕の責任かな」

鬼くんが申し訳なさそうな顔をしてそんなことを言ってくる。

え？　このメッチャしたり顔でうんうん頷いてるのがやったんじゃなくて？

「僕がそのハーフエルフを斬って、その治療を俊がしたけど、次の瞬間俊が苦しみだした。僕の目から見るとこんなところかな」

鬼くんの端的な状況説明。

うむ、実にわかりやすい。

ん？　治療したら苦しみだした？

「ちなみに、僕の目に間違いがなければ、そこのハーフエルフの治療は間に合わなかったはずだ。どう見ても致命傷だったからね。いくら俊の魔法能力が優れていようと、あのタイミングで救えるわけがない」

んん？

あれ？　つまり山田くんのすぐ隣で気を失っているハーフエルフは死んでたってこと？

けど、普通に呼吸してるし、ただ単に気を失ってるだけだよね？

ということはだ、山田くんが慈悲のスキルを使って死者蘇生《そせい》をしたってことか？

「俊がやったことは、死者蘇生か？　そりゃ、そんな能力、代償もなしに発動できるはずがないじゃないか。どんな代償なのかは知らないけれど、俊がそれだけ苦しんでるのも納得だよ。叶多《かなた》、それを僕らのせいにしないでほしいね」

吐き捨てるように、いまだ気丈に折れた剣を構えている大島くんにそう言う鬼くん。

その目には混乱しつつも、状況を整理しようとする理性の光がある。

何とかこの状況を打破できないか、必死に考えているみたい。

けど、私はそれを気にしてる余裕がないのだよ。

冷や汗ダラダラですわ。

山田くんがぶっ倒れたのって、ある意味私のせいじゃね？

だって、慈悲使ってぶっ倒れたって、それ絶対禁忌カンストしたからだよね？

慈悲の代償は禁忌のレベルアップ。

それだけなら苦痛も何もない。

禁忌がカンストしなければ。

私も体験したけど、あの胸糞悪《むなくそわる》さは今でも忘れないわ。

うん。

気を失っても仕方ないね。

そんでもって、禁忌のレベルが上がるように、わざと山田くんの前で死体をこさえたこともある犯人がこの中にいる。

私だ！

そう、山田くんが禁忌カンストしたのは、私のせいなのだ！

最後のダメ押しは鬼くんの仕業だけど、その前の仕込みは私がしていたというこの事実。

ヤベー、吸血っ子のこと責められねー。

「それにしても叶多。俊が気を失っただけで騒ぎすぎじゃないかな？」

私がこの事実をどう隠し通すか悩んでいると、都合のいいことに鬼くんが話題を変えてくれる。

「俊はまだ生きている。死んでいない。そしてここは戦場だ。死んでいてもおかしくない。だっていうのに、どうして気を失う程度でそこまで慌てふためくんだい？　まさかとは思うけど、君、死ぬ覚悟もなく、失う覚悟もなくここに立っているんじゃないだろうね？」

ビリビリとした威圧感が鬼くんから迸《ほとばし》る。

その威圧感に圧倒されたのか、少し離れたところで争っていた帝国軍とエルフ軍の動きが止まる。

その威圧感を真正面から受け止める羽目になった大島くんは、汗を滝のように流しながら震えている。

頭からバケツの水をひっかぶったかのように、冗談みたいな量の汗が浮かび上がっている。

ガクガクと震える体。

むしろよくまだ立っていられると思うくらいだわ。

「もしそんな半端な覚悟でこの場に立っているのだとしたら、ガッカリだよ。真実も知らず、覚悟もなく、それなのに自分たちが正義だと思い込んでこんなところにいるのかい？　それは滑稽《こっけい》を通り越して怒りすらわいてくるほどだ。僕のかつての友人がこんな愚者だと思うと、不愉快極まりない」

鬼くんが、らしくなく嫌悪感を隠そうともせず相手を罵《ののし》る。

その怒りは、威圧感で誤魔化《ごまか》しているけれど、どこか嘘くさい。

まあ、かつての親友が相手だからいろいろと思うところがあるのかもしれない。

その相手、大島くんはというと、鬼くんの威圧にあてられて半分意識が飛んでる。

「叶多。最初で最後の警告だ。武器を下ろして投降しろ。でなければ、たとえかつての親友だろうと、僕は切る。それが覚悟というものだ」

そんな気サラサラないだろうに、鬼くんは威圧感たっぷりに宣言する。

それが止《とど》めだった。

大島くんの足からフッと力が抜け、その場にへたり込んでしまう。

既に彼我の戦力差はイヤというほど理解させられていて、理性よりも先に本能で屈服させられちゃってる。

そりゃ、ムリってもんですわー。

今大島くんが味わっている絶望感は、かつて私がアラバと初遭遇した時のものに似てるんじゃなかろうか?

絶対に勝てないと、気配だけで知らしめる。

それだけの実力差があるんだから。

大島くんが戦意喪失でリタイア。

山田くん、ハーフエルフ、田川くん、櫛谷さんは昏倒《こんとう》している。

残ったのは、先生と漆原さんと、おまけでハイリンス。

『あんた、若葉、死んだはずじゃ？』

その残った一人、漆原さんが念話で話しかけてくる。

なんか先生は私のこと死んだって思ってたっぽいんだよね。

Dが言ってた先生に付与した転生者たちの現状を知るユニークスキル、それに若葉姫色《ひいろ》は死んだって出てたっぽい。

それ、たぶん私が神化してシステムから除外されたせいだと思うんだよなー……。

つまり、システムで検知できなくなったから、便宜上死んだって表示になったんじゃないかと。

まあ、何ていうか本物の若葉姫色ことDはそもそもこの世界に転生してきてないし、身代わりである私は死んでないしで、先生の持ってる情報はいろいろ間違ってるんだよなー。

先生の目があらぬ中空を見つめてるし、たぶん今そのユニークスキル確認してるんだろう。

「……本当に、若葉さんなんですか？」

「はい」

ホントはいいえなんだけど、それを説明するとややこしいし、Dと私の関係については魔王にすら明かしてないからね。

ここは無難に肯定しておこう。

「でも……」

「先生のスキルでは今の私は表示されません」

「え⁉」

先生メッチャ驚いてる。

そしてきちんと応答してる私の姿見て、吸血っ子と鬼くんもメッチャ驚いてるー。

わ、私だって頑張ればこのくらいの対応はできるんだ！

っ⁉

「旧交を温めがてらもろもろ説明したいところではありますが、今はお互い忙しい身です。日を改めてお話ししましょう」

ちょっと強引だけど、いったん話を打ち切らせてもらう。

別に話すのが苦になったわけじゃないよ？

ただちょーっと、別の場所でまた問題が発生しましてね。

私が駆け付けなければいけない案件が発生しているのですよ。

だからこの場は吸血っ子、は不安だから、鬼くんに任せることにしよう。

「帝国軍と魔族軍に撤退指示を」

「撤退？」

鬼くんに撤退指示を伝えておく。

「エルフたちは？」

「撤退を優先で」

できればエルフは殲滅《せんめつ》しておきたいところだけど、そんなこと言ってられない。

あと、山田くん一行についてはハイリンスに任せる。

一瞬だけ目を開けて、ハイリンスに目線を送る。

これで私の言いたいことは伝わる、と、いいなー……。

なんとか先生と漆原さんを言いくるめてここから撤退してほしいところだ。

なんせ、ちょっとこの後ここら一帯を巻き込まない自信がない。

「……わかった。白さんも気を付けて」

「ちょっと。私はまだやれるわよ？」

吸血っ子が何やら言っているけど、残念ながら吸血っ子でもこの先の戦いはつらいと思う。

つよロボ一体くらいならやってやれないことはないだろうけど、それ以上のものが出てきちゃってるからね。

吸血っ子を説得してる暇もないし、それは鬼くんに任せるとしよう。

というわけで、転移。

転移直後に感じる空気の振動。

それはこのエルフの里の各地で起きている衝突の中で、最も激しい戦闘によって引き起こされた衝撃波が空気を振動させているもの。

片やタラテクト群団を率いるこの世界最強クラスの魔物、クイーン。

片やそれと相対する、エルフの最終兵器。

そう、ついにエルフは出してきたのだ。

さっきまで相手にしていたつよロボとは比較にならない、兵器を。

つよロボも上位龍を超える戦闘能力を有していたけど、それは一日でそのつよロボさえ超えているとわかるものだった。

転移した私が目にしたのは、蹂躙《じゅうりん》されるタラテクト群団。

かつての私と同じような小さな蜘蛛《くも》が、それが成長した大きな蜘蛛が、そこからさらに成長を重ねた大蜘蛛が、等しく何もできずに蹂躙されていく。

その中には、あのクイーンすら含まれていた。

空中に浮かぶそれ。

それを一言で表すとすれば、あろうかという巨大な球体。

直径十メートルはあろうかという巨大な球体。

その球体からのびる無数の棘《とげ》。

うん。ウニだ。

金属の巨大なウニ。

そんなちょっと反応に困る外見のウニだけど、その性能はやばい。

全身からのびた棘、その一本一本が砲身であり、地上に向けて絨毯《じゅうたん》爆撃を続けている。

逃げ場などない。

ウニが浮かぶ上空から砲弾が雨あられと降り注ぎ、地上を焦土に変えていく。

森が吹き飛ぶ。

そこにいるタラテクト群団もろとも。

クイーンですらその爆撃から逃れることができず、その身を削られていく。

クイーンの巨体だと的がでかくてもろに爆撃の餌食になってしまっている。

本来ならばクイーンはその巨体に似合わないスピードで相手の攻撃を躱《かわ》すことすら可能だけど、さすがに避けようもない広範囲に砲弾をばら撒《ま》かれたら対処のしようもないか。

けど、さすがはクイーンというべきか。

女王の矜持《きょうじ》か、砲弾の雨に撃たれながらも、その口に黒い光という矛盾したエネルギーを収束させていく。

ブレスだ。

最強クラスの魔物であるクイーンが、その全力で放つブレス。

極太の黒い光線が空中に浮かぶウニ目掛けて飛来する。

ウニから放たれていた砲弾を消し飛ばし、その迸るエネルギーでウニ本体さえも消し飛ばし、宇宙にさえその光線は届いた。

そんな光景を幻視した。

それだけの力があった。

クイーンの渾身《こんしん》の一撃は、直撃すれば山さえ吹き飛ばし、地形を変えてしまえるほどの破壊力を誇る。

直径たかだか十メートル程度の金属の塊なんて、跡形も消し去るだけの力があった。

だというのに、ウニは健在。

ブレスは直撃した。

避けるそぶりすら見せなかった。

まるで避けるまでもないと言うかのように。

ウニの周囲に張られた結界が、クイーンのブレスを消し去っていた。

消し去る、だ。

防ぐ、じゃない。

その結界はクイーンのブレスを消し去ってしまった。

まるで、元からそんなものはなかったかのように。

つよロボにも搭載されていた抗魔術結界。

それも、つよロボのそれよりかなり出力の高い。

クイーンのブレスであれば、つよロボの結界くらいなら貫通できていたはずだ。

一発でつよロボを倒すことはできなくても、多少の傷を与えることくらいはできたはず。

それが、ウニには傷一つ付けられていない。

ブレスが効かないウニに、クイーンができることなんかない。

遠距離攻撃はことごとくウニの張った結界に防がれる。

あとは純粋な物理攻撃しか攻撃手段がないけど、絶え間なく降り注ぐ砲弾がそれを許さない。

空間機動を駆使して何とか空中に駆け上がろうとするクイーンだけど、一歩目を踏み込む間もなく砲弾で地に縫いとめられる。

クイーンの体が砲弾を受けるたびに削られ、再生する間もなく次の砲弾が襲い掛かる。

あのマザーと同種のクイーンが、為《な》す術もなく蹂躙されている。

なんつう恐ろしい兵器を開発しとんのじゃ。

あれ一体だけで世界征服できるんじゃね？

砲弾の残数とか運用するためのエネルギーだとかの問題はあるだろうけど。

ていうか、弾切れしないな。

きっと内部で空間拡張でもして、弾は異空間に収納されてるんだろうなー。

でないと理屈に合わないし。

と、暢気《のんき》に観察してる場合じゃないな。

このままだとクイーンがやられる。

その前に介入して、ウニを撃墜してやろうじゃないか！

よし、メテオ弾発射！

発射されたメテオ弾がウニに直撃する！

鼓膜を震わせる、どころかそのまま突き破ってきそうな勢いの、音というかもはや衝撃波が襲い掛かってくる。

ぐあああ！　耳があああ！

なんじゃこりゃ！

つよロボにぶつけた時よりものすごい轟音《ごうおん》なんですけど⁉

その疑問の答えは、すぐわかった。

ウニ、健在。

うっそだろお前？

メテオ弾くらって無事って……。

さっきの轟音の正体はウニがメテオ弾を防いだから出た音か。

こりゃ、あのウニの結界は二層構造だな。

メテオ弾はただの物理的な耐久力で防げる攻撃じゃない。

ということは、結界に物理攻撃に対する防御力があると考えるのが自然だ。

おそらく二層構造の外側に抗魔術結界を張り、その内側に物理防御結界を張っているんだと思われる。

逆だと構造上、抗魔術結界が物理防御結界を消しちゃうからね。

魔術による攻撃は抗魔術結界によって阻まれ、物理攻撃は物理防御結界に阻まれる。

どんだけエネルギーバカ食いすればこんな兵器運用できるんだよ……。

ポティマスめ、こんなののために貴重なこの世界のエネルギーを浪費するんじゃないよ！

ポティマスに文句を言ったところでどうしようもないっていうのはわかるけど、それでも言いたい！

ぬう……。

しっかしこれ、どうしたもんか……。

二層構造の結界を貫通する方法が、ない。

イヤ、できないわけじゃないよ？

ただ、それやっちゃうとこっちだってバカにならない量のエネルギーを消費しなきゃならないわけでね。

ぶっちゃけもったいない。

だから、別の方法をとることにします。

ホントはこれ、あんまやりたくはないんだけどね。

背に腹は代えられない。

メテオ弾を出した時に、札の切りどころは間違えちゃいけないと学んだばっかりだ。

ここで出し渋ってこのウニに好き勝手されるほうがダメだ。

では、私も切り札の一つをここで切ろう！

目を開ける。

瞳《ひとみ》に力を集中。

そして、ウニを視界に収める。

暴食の邪眼発動！

この邪眼は神になってから開発した新たな邪眼。

その能力は、魔王の暴食のスキルと似ている。

だからこそ暴食の邪眼と名付けたんだけど。

その能力は、ずばりエネルギーの強奪。

視界に入った魔術をエネルギーに分解し、吸収してしまうという邪眼。

ウニの搭載している抗魔術結界、これも厳密に言えば魔術の一種になる。

魔術を妨害し、消し去る魔術。

それが抗魔術結界の正体。

それならば、魔術を消す魔術、をさらに消す魔術を開発してしまえばいい。

そこで着目したのが、魔王の大罪スキル暴食。

暴食の能力は何でもかんでもエネルギーに変換し、それを食らうというもの。

その原理を解明し、エネルギーに変換するものを魔術に絞るよう改造したのが、この暴食の邪眼。

私が対ギュリギュリ用に開発した切り札の一つ。

だからこそ、あんまりギュリギュリには見せたくなかったんだけどね。

しかし、対本物の神であるギュリギュリ用に開発しただけあって、暴食の邪眼の効果は絶大だった。

お得意の抗魔術結界を私の暴食の邪眼に食われ、その内側の物理防御結界も食われ、それどころか浮遊するための魔術すら食われたウニが地上に落下していく。

そこに待ち構えるクイーン。

ウニも砲弾を撃ち出して抵抗するけど、地上に落ちて結界もなくなったウニに勝ち目はない。

クイーンの巨大な牙《きば》が鋼鉄のウニを貫き、スクラップに変えていく。

勝った。

と、思った瞬間、ウニが爆発した。

その爆発をゼロ距離からもろに食らったクイーン。

その上半身が消し飛び、残った下半身が力なく地面に倒れこむ。

クッソ！

最後の最後で自爆とは、やってくれる。

まあ、クイーンを始めとしたタラテクト群団が全滅したのは痛手だけど、逆に言えばそれだけでエルフの最終兵器を破壊できたんだ。

必要経費だったんだと思って納得するしかないな。

そんなことを考えた私の視界に、空中に浮かぶウニの姿が映る。

それも、無数に。

…………………………は？

あれ？

ん？

んん？

んんんんんんんん⁉

ちょーっと待て！

待て待て待て⁉

ええ⁉

ウニあれ一体だけじゃなかったの⁉

ていうか、多くね？

パッと見だけで百体以上のウニが浮かんでるように見えるんだけど？

しかも、なんかその中心にウニよりもだいぶでかい正三角錐《せいさんかくすい》の何かが浮かんでるんだけど。

もしかして、ウニって最終兵器でも何でもない、量産型兵器？

そんでもって、あの中央にいる三角錐がホントの最終兵器？

ロボの時と言い、つよロボの時と言い……。

またこのパターンかよ！

クソが！

間章　爺《じい》と妖女《ようじょ》な幼女たち

「ざーこ、ざーこ」

……なんで儂《わし》、蜘蛛《くも》に乗った六本腕の幼子に罵《ののし》られておるんじゃ？


落ち着こう。

どうしてこうなったのか、一から思い出してゆこうか。

儂の名はロナント。

生まれは、っと、そこまでいくと遡《さかのぼ》りすぎじゃな。

儂がこのエルフの森に来た経緯は、ユーゴー王子に命じられたからじゃな。

これでも帝国の筆頭宮廷魔導士じゃし、帝国の嫡子であるユーゴー王子には立場上逆らえん。

気乗りは全くと言っていいほどせんかったがのう……。

それもそうじゃろ。

魔族との戦争の最中にいきなりエルフに宣戦布告し、攻め入るなど、突拍子もなさすぎる。

何か裏があるに決まっとる。

じゃが、それがわかったところで儂個人でできることなどたかが知れておる。

人族最強の魔法使いなどともてはやされても、できん事のほうが多い。

だからこうして命じられるままエルフとの戦いに身を投じておるわけじゃが……。

途中まではよかったんじゃ。

儂はユーゴー王子とは別の隊を任され、別のルートから進軍することになった。

これ幸いとばかりに慎重に進軍するふりをして、前進を遅らせたんじゃよ。

こんな訳の分からぬ戦いのために命を張るのも馬鹿馬鹿しいと思うての。

じゃが、接敵してしまっては戦わざるをえないし、儂としても一度エルフと戦ってみたいという気持ちがあったんじゃよ。

エルフと言えば魔法の腕に優れるともっぱらの噂《うわさ》じゃ。

儂も人族最強の魔法使いと言われておるが、よくエルフと比べられたもんじゃ。

エルフ族最強の魔法使いと儂では、どちらのほうが優れておるのか、とな。

あいにくエルフ族最強の魔法使いとやらが誰《だれ》なのかはわからぬし、エルフ自体が人前で魔法の腕を披露することが少ないので、比べようがなかったのじゃがな。

儂の魔法の腕前がエルフにどこまで通用するのか。

興味があったのは事実じゃ。

……まさか儂のほうが圧倒してしまうとはのう。

何が、エルフは魔法の腕に優れる、じゃ。

儂の魔法による狙撃にろくに対処もできておらぬではないか！

これなら儂の弟子たちのほうがまだ優秀じゃぞ。

噂などあてにならぬと落胆し、八つ当たり気味にエルフどもを蹴散《けち》らしておったのが悪かった。

気づけばユーゴー王子たちの部隊よりも先行してしまっておった。

いやはやうっかりじゃな！

そのうっかりのせいでこんな目に遭うとは……。

エルフには拍子抜けした儂じゃが、その儂の前に奇怪な巨大な金属鎧《よろい》のゴーレムのようなものが立ちふさがったんじゃ。

ゴーレムとは土や岩でできた人型の魔物なんじゃが、儂が目にしたのはそれらとは異なる金属でできておった。

ゴーレムのようとは言うたが、明らかにそれとは異なる。

エルフが張っていた結界の内側におるということは、野生の魔物ではなくエルフが使役しておるのではないかと考えた。

ここで鑑定をしたのが、儂の命運を分けた。

『鑑定不能』

「全軍撤退じゃ！」

その表示を見た瞬間、儂は撤退の指示を出しておった。

儂はこれまで、鑑定が通らなかったことは数えるほどしかない。

そもそも、鑑定スキルがレベル10の儂に鑑定できぬものがあるほうがおかしいのじゃ。

だからこそと言うべきか、鑑定できないものはことごとく儂の手が届かないはるか格上であると予測できる。

そしてその予測を裏付けるように、金属ゴーレムが筒のようなものをこちらに向け、何かを放った。

儂は最大限の警戒をしておったために、回避行動が間に合った。
それでも衝撃で吹き飛ばされたがな。
じゃが、儂のすぐ後ろにいた部下たちはそうもいかんかった。
儂の部下たちが血を爆《は》ぜさせながら吹き飛んでいく。
それは、まさに爆ぜるという言葉通りの光景だった。
部下たちの手足が吹き飛び、胴体が抉《えぐ》れる。
視認もできない謎の何かが通過していくたびに、部下たちが無残に死んでいく。
儂は即座に金属ゴーレムに向けて魔法を放つ。
手加減は一切しない。
ふん。やはりな。
じゃが、儂の放った火炎の矢を、金属ゴーレムはあっさりと回避してみせた。
この金属ゴーレム、儂の思った通り一筋縄ではいかん相手じゃ。
儂以外では相手にならん。
儂が殿《しんがり》となって部下どもが逃げる時間を稼ぐしかなさそうじゃ。
魔法を構築。
儂の生涯において、あのお方と出会ってからひたすら磨き続けた魔法の基礎。
基礎にして奥義。
作り出す炎の矢は数十。
それら全《すべ》てを制御下に置き、放つ。

高速で飛来する炎の矢。
しかし、金属ゴーレムは半分以上を躱《かわ》す。
そして、直撃した残りも、大したダメージを与えられていないようじゃ。
鎧に似せているだけあって、防御力も高いと見える。
さらに高速で動く機動力。
謎の遠距離攻撃。
強いのう。
いつぞやの、エルロー大迷宮で相まみえた、地龍を彷彿《ほうふつ》とさせる強さじゃ。
冷汗が背中を伝う。
じゃが、儂が魔法を浴びせたことでわずかに時間は稼げた。
生き残った部下たちはいっせいに逃げ出し始めておる。
とは言え、この金属ゴーレムの速さであれば、追いつくことなどたやすい。
時間を稼ぐだけでは駄目そうじゃ。
儂がやられるにしても、せめて足の一本くらい持って行かねばならんか。
転移。
金属ゴーレムの背後に回り込む。
すぐさま魔法を構築。
金属ゴーレムの足元を凍らせる。
そして、追撃の風魔法による衝撃波。

凍った金属ゴーレムの足が半分砕ける。
それでも半分。
されど半分。
これで機動力はだいぶ落ちるはずじゃ。
金属ゴーレムの腕が関節の動きを無視するように後ろを向く。
ギョッとした瞬間、地を蹴《け》って横に飛ぶ。
まっとうな生物ではないのじゃから関節などどうとでもいじれる。
それを目の当たりにするまで理解できておらんかった。
その代償は、右腕と両足。
避けきれんかった。
しかし、ただではやられん。
苦痛を堪え、魔法を構築。
金属ゴーレムが再び儂に筒を向ける前に、魔法を完成させる。
獄炎魔法レベル4、陽炎《かげろう》。
拳《こぶし》大程の大きさの小さな火の玉。
それが、金属ゴーレムの体に当たる。
効果は一瞬。
されど、その炎はすべてを焼き尽くす。
陽炎は莫大《ばくだい》な炎の力を、小さく圧縮した魔法じゃ。

儂がもっとも得意とする火の魔法の、現状使える最強の魔法じゃ。

さしもの金属ゴーレムも陽炎の前にはその頑強な体を焼かれ、溶かされ、完膚なきまでに破壊される。

してやったり。

ニヤリと浮かべた笑みは、次の瞬間引きつった。

視界に、同じ金属ゴーレムが数体、動いているのが見えた。

……儂の命運もここまでか。

そう諦《あきら》めかけたその時、金属ゴーレムに襲い掛かる四つの影が舞い降りた。

そして瞬く間に金属ゴーレムどもを破壊してしまったのじゃ。

そして、そのうちの一人が儂に向き直る。

驚いたことに、それは蜘蛛に乗った幼子だった。

「ざーこ、ざーこ」

そして罵られた……。


うむ。

一から思い出しても訳がわからんのう！

あの金属ゴーレムどもはエルフの使役している魔物か何かなんじゃろうが、ではこの幼子どもは何者なんじゃ？

腕が六本あることからして人族ではなかろう。

試しに目の前の幼子に鑑定を仕掛けてみる。

すると、この幼子はパペットタラテクトという種族であることが判明した。

やはり、魔物であったか。

タラテクトと言えば、蜘蛛《くも》の魔物として有名じゃ。

蜘蛛に乗っておるからして、その関係は明らかじゃな。

しかし、それ以上に驚愕《きようがく》なのがこの幼子、フィエルという名を持っておることじゃ。

ネームドモンスター。

知性ある強大な魔物の配下にごくまれに存在すると言われる名持の魔物じゃ。

名を持つということは、それ以上の存在から名を拝領したということ。

じゃが、このフィエルとやらのステータスは、かつて儂《わし》が手も足も出なんだ地龍の倍以上。

先ほどの金属ゴーレムがその地龍を彷彿とさせる強さだったのに対し、このフィエルとやらはそれをはるかに上回っておる。

そのような強力な魔物を従える存在がおる。

いったい、それはいかほどの力を持つものなのか……。

脳裏をよぎるはあのお方。

かつて儂がエルロー大迷宮で己の未熟さを悟るきっかけとなった、迷宮の悪夢と呼ばれし蜘蛛の魔物。

こ奴らも蜘蛛に連なる魔物。

偶然にしてはできすぎておる。

まさか、そうなのか……？

フィエルとやらが儂のことを見つめてくる。

どこか無機質なその瞳《ひとみ》からは、なにを考えているのか判断がつかん。

金属ゴーレムを倒してくれたからと言って、味方とは限らん。

そもそも、儂は敵対行為ともとれる鑑定を仕掛けておる。

このまま切り伏せられても文句は言えん。

……先に罵《ののし》ってきたのはあっちじゃが。

どう出るか？　と警戒する儂とは裏腹に、フィエルとやらの肩をもう一人の幼子が叩《たた》く。

そして頭を振った。

……その仕草から、口に出しては言っていないが、「言ってやるなよ……」という感情が透けて見えた。

「……じーじ？」

フィエルとやらはもう一人の幼子に窘《たしな》められたからか、儂の呼称を変えたようじゃ。

ざーこに比べればかなりマイルドになっておるが、それただ見たまんまの感想ではないのか？

「じーじ……。ざーこ……。じーこ！」

「足した!?　悪化しとらんかそれ!?」

……のう、儂、ちょっと、心折れそう。

なぜ見ず知らずの、魔物とは言え見た目は幼子に罵られ、フォローになってないフォローをされねばならんのじゃ？

儂、何か悪いことでもしたか？

と、木々をかき分け、またもや先ほどと同じ金属ゴーレムが数体現れる。

「くっ！」

儂はすぐさま立ち上がる。

先ほど負った傷は、こっそり治療魔法を使って治しておる。

儂では金属ゴーレム一体だけでもつらい相手じゃが、寝ころんだままやられるわけにはいかん。

儂にもプライドというものがあるんじゃ！

「じーこ……」

……無茶すんな、という感じで語りかけてくるフィエルとやら。

「だあー！　儂は断じてじーこなどではなーい！」

儂にもプライドというものがあるんじゃ！！

魔法を構築！

放つのは獄炎魔法レベル１の魔法、焦土！

広範囲の地面を火炎で覆う範囲攻撃魔法じゃ。

しかし、範囲は広いが威力はレベル４の魔法である陽炎《かげろう》に大きく劣る。

金属ゴーレムに致命打を与えることはできん。

しかし、ここからが本番じゃ！

続けて二発目の魔法を構築！

放つのは氷獄魔法レベル１の魔法、凍土！

広範囲の地面を凍結させる範囲攻撃魔法じゃ。

獄炎魔法によって急激に熱された金属ゴーレムどもに、逆の低温にさせる氷獄魔法をぶつければどうなるか？

急激に熱され、急激に冷却された物体は、すさまじく脆《もろ》くなる。

焦土に耐えられた金属ゴーレムどもも、すぐさま放たれた凍土には耐えられなんだ。

金属ゴーレムどもの体躯《たいく》に罅《ひび》が入り、崩れ落ちていく。

「ひょーひょっひょ！　どうじゃ！　見たか！」

儂は幼子どもに向かって胸を張ってみせる。

正直に言うと、このレベルの魔法の連発は儂にもきつく、限界間際まで酷使した頭は痛むし、MPが急速に減ったことで眩暈《めまい》もしておる。

しかし、男には張らねばならん意地があるんじゃ！

「おー」

六本の腕で拍手をしてくるフィエルとやら。

ふっ。儂がざーこなどではないと証明できたようじゃな。

「じーこ！」

「じゃから儂はじーこなどではないというに！　儂にはロナントという立派な名があるわい！」

フィエルとやらと言いあう儂のことを見つめる、他の三人の幼子たち。

その三対の目に見つめられると、儂としたことが大人気ない対応をしてしまったという気になる。

「ざーこ？」

「なぜそこで逆に戻る⁉」

しかしそんな気恥ずかしさはフィエルとやらが再び儂のことをざーこ呼びしたことで吹き飛ぶ。

しかも、儂の叫びを聞きつけてしまったのか、またしても金属ゴーレムどもが現れてしもうた。

幼子どもはその金属ゴーレムと戦うべく、武器を構えておる。

すでに儂など眼中にないといった態度じゃ。

さっきの大技連発でMPは心もとない。

これ以上金属ゴーレムの相手をするのは厳しい。

この幼子どもが全員フィエルとやらと同格なのであれば、儂の手を借りずとも金属ゴーレムどもの相手はできるじゃろう。

じゃが、ここで引き下がっていいものなのか？

ざーこ呼ばわりされて、おめおめと引き下がれと？

「ええい！　見ておれよ！　儂がざーこなどではないと！」

儂にもプライドというものがあるんじゃ‼

先ほどのような大技はもう放てんが、幼子どもの援護くらいはできるわい！

儂がざーこなどではないと見せつけてやろうぞ！

……あれ？　儂、何しにここに来たんじゃったか？

王6　孤独となる王

「……サリエルに、話がある」

その日、真剣な面持ちのギュリエが訪ねてきた。

思えば、この日から平穏が崩れた。

「……ついに告白するのかな？」

「そんな雰囲気じゃなかったような気がするけど……」

わくわくした様子の耳のちょっととがった女の子と、不安そうにサリエル様とギュリエが入っていった部屋のほうを見つめる緑色の肌の男の子。

サリエル様はギュリエと二人っきりで話をしていた。

声が漏れて聞こえてくることもなかったから、この時二人がどんな会話をしていたのか、私は知らない。

けど、おおよその内容は予測できる。

なぜならば、二人が話し合ってる最中に、そのニュースは飛び込んできたのだから。

『番組の途中ですが、緊急ニュースです』

つけっぱなしにしていたテレビから流れてくる、緊急ニュース。

『龍の襲撃がありました』

どこか慌てたようなキャスターの読み上げ。

それは端的に過ぎ、ニュースとして伝えるにはあまりにも情報が少なすぎた。

しかし、そんなことは些細《ささい》な問題で、次の瞬間に切り替わった映像で足りなかった情報がすべて埋まった。

それは一目だけで、何が起きているのか理解するのに十分なものだった。

理解、できてしまうものだった。

急いで携帯端末で撮ったのか、荒い画像。

その中に映る、大都市だったものの残骸《ざんがい》。

ビルが崩れ、車が木の葉のように空を舞い、高架はひっくり返る。

そして、その破壊の中で人はあまりにも小さく、映ることさえない。

しかし、人は映らなくとも、空を舞い、地を踏みしめる、龍の軍勢はイヤでも目に入る。

そして、画像はいきなり大きくぶれ、それっきり途絶えた。

「……馬鹿、な」

いつの間にか、映像に注視していた私たちの背後に、ギュリエが呆然《ぼうぜん》と佇《たたず》んでいた。

その横にはサリエル様もいる。

そのサリエル様が、無言で玄関に向けて歩き出す。

「サリエル！　どこに、行く？」

「無論」

たったそれだけの短いやり取り。

それでも、ギュリエにはサリエル様がどこに向かうのか、わかったようだった。

私はその時、テレビから流れてきた映像のショックでまだ事態をよく理解しきれておらず、ギュリエとサリエル様のやり取りの意味も分かっていなかった。

あまりにも現実離れした映像の光景に、それがリアルで起きたことだと呑《の》み込めていなかった。

「サリエ……」

「止めないでください。私はあなたを敵性と判断したくありません」

「……」

ギュリエのサリエル様に向けて伸ばされた手が、その一言で中途半端に止まる。

サリエル様はそのまま振り返ることなく出ていってしまった。

「……私が人質をとるとは、思わんのか。その程度の信頼はある、ということか」

ギュリエはそのまま力なく空いていた椅子に腰かけた。

テレビからは緊迫した様子のニュースが流れ続けていた。


それから、サリエル様は帰ってこなかった。

テレビはどのチャンネルにしてもニュースばかりで、ずっと龍について報道されている。

報道陣でも取材がろくにできていないのか、情報が錯綜《さくそう》していて何が真実なのかわからない。

現場の映像はそれこそ最初の生放送くらいのもので、それもたまたま現地に撮影していた人がいたからできたことだったらしい。

その撮影していた人の安否は、不明。

状況が状況だけに生存は絶望的だと思われる。

ギュリエはあの日から、孤児院にいついていた。

当時はなぜギュリエが孤児院で寝泊まりしているのか、その理由はよくわかっていなかった。

けど、ギュリエなりに、サリエル様に筋を通そうとしていたんじゃないかと今ならわかる。

サリエル様の大切なもの、この孤児院を守るために。

それは龍に対する裏切りだったはずだ。

ギュリエにとって重い決断だったはずだけど、それを感じさせないよう、サリエル様の帰りを待つ私たちの不安を紛らわせるよう、優しく接してくれた。

一日、二日、一週間、一か月……。

私たちはサリエル様の帰りを待った。

孤児院のみんなはサリエル様を除いて全員が帰ってきていた。

芸能界入りした彼も、無理やり休みをもぎ取ってきた。

「芸能界も今はそれどころじゃないさ。開店休業状態だから休みをとるのは簡単だったよ」

と言っていたけれど、どこまでホントなのかはわからない。

ただ、彼なりに孤児院のことが心配で戻ってきたんだということは分かった。

ただ、私たちにできることは、サリエル様が無事戻ってくるように祈ることだけだった。

でも……。

サリエル様が孤児院に戻ってくることは、ついぞなかった……。

それからほどなくして、龍の襲撃はやんだ。

サリエル様が龍と戦い、退けたのだということを、私はニュースになってから知った。

どうやって撮影したのかわからないけれど、龍と戦うサリエル様の姿を映した映像がニュースで流れた。

映像はその一本だけだったらしく、ニュースでそれが繰り返し流され、コメンテーターはサリエル様を絶賛していた。

中には合成を疑う声もあったけれど、龍という人間にはどうしようもない脅威が退けられた事実は覆らない。

さらに、多くの国の政府が公式にサリエル様の功績をたたえたことで、難癖をつける声はなくなっていった。

しかし、龍を退けた喜びに、世界が沸くことはなかった。

龍が退けられたのとほぼ同時に、世界中で異常気象が発生したからだ。

それを、異常気象と呼んでいいのかどうかはわからない。

異常気象の一言で表すには、あまりにも変化が顕著で激し過ぎた。

大地がひび割れ、海が枯れていき、空は青さを失った。

まるでこの世の終末のようだった。

よう、ではなく、事実として、それはこの世の終末だった。

『ダズトルディア国ダスティン大統領の記者会見が間もなく始まるようです。現地から中継です』

『おはよう諸君。早速だが、まずは龍の襲撃について、こちらで把握している限りのことを話そう。

龍に襲撃された地域、国は、膨大過ぎていちいち国名などを挙げていたらきりがないので割愛させていただく。我が国の軍が現地入りしているが、被害状況の全容はまだ把握しきれていない。また龍の生息圏の威力偵察も行われたが、龍の姿は発見できず。龍がどこに消えたのかは目下調査中だが、現地にてはるか上空に消えていく複数の光を目撃した話が出ている。龍たちは宇宙に飛び立っていったのではないかと思われる』

『静粛に！　龍が襲撃してきた理由だが、再三の忠告を聞かなかったことに端を発していると思われる。MAエネルギーの使用停止についてだ。龍の主張は一貫しており、MAエネルギーとは星の生命力であり、それを取り出せば星が衰弱していくとしていた。そのため何度もMAエネルギーの使用停止を求めてきていたが、知っての通り多くの国はMAエネルギーの使用を推奨し、これを否定してきた』

『静粛に！　私は今、特定の国を批判しているわけではない！　わかっている事実を述べている！　ああ！　そうだ！　龍がいなくなってからのこの異常はMAエネルギーを使いすぎたがために星が衰弱、いや！　崩壊に向かっているためだ！』

ダストルディア国のダスティン大統領の会見は、その後荒れに荒れた。

罵声《ばせい》が飛び交い、記者の中には大統領に詰め寄ろうとする者もあらわれ、警備員に取り押さえられたりし、会見場は暴動の場と化していった。

中継は警備員たちに守られながら退場していく大統領の後姿を映したのを最後に途切れた。

多くの人々はその会見で語られた内容を認めるわけにはいかなかっただろう。

なぜならば、多くの国々がMAエネルギーの恩恵にあずかっていたのだから。

例外なのはダスティン大統領の治めるダズトルディア国などだけれど、それらの国でも密売という形でMAエネルギーは密《ひそ》かに使われており、完全に取り締まることはできていなかった。

また、MAエネルギーの使用を禁止している国にしても、使用を推奨している国との貿易を止めるわけにはいかない。

貿易で輸入している製品の生産にはMAエネルギーが使われている。

つまり、大なり小なり人々はMAエネルギーの恩恵を受けていた。

私たちの孤児院も、建てられていたのはダズトルディア国であり、MAエネルギーの使用は禁止されていたけれど、そういった輸入品などの間接的な恩恵は少ないながらも受けていたはずだ。

龍は突如凶行に走ったわけではない。

罪は人間のほうにこそある。

しかし、それを素直に認められる人間は、そう多くない。

ダスティン大統領が会見で語ったことはでたらめだと、そういった論調の会見が他の国で多くなされた。

もしくは、どこの国が悪い、龍が全面的に悪い、などといった責任の押し付け合い。

でも、認めようが認めまいが、世界が滅びに向かっていくことを止められるわけではない。

人々が現状から目をそらしたり、責任の押し付け合いをしている間にも、刻一刻と世界が終わる瞬間は近づいていた。

治安が悪化した。

イヤ、悪化などという生ぬるい表現では済まされない。

世界が滅ぶのだと実感した人々の行動は、だいたいが負の方向に走ることだった。

残り少ない時間を好き勝手に過ごそうとする者たちで、世界中が無法状態になってしまっていた。

暴動、傷害、窃盗、自殺……。

それらを取り締まるはずの警察すら、その騒ぎに加担しているところもあったという。

孤児院の周辺も静かとは言い難かった。

人は何か悪いことが起こると、それを誰かのせいにしてぶつけたがるものらしい。

私たち孤児院のキメラは、そういうのをぶつけるのに格好の標的だったようだ。

「あいつらがいるから」、「あいつらさえいなければ」。

そこに根拠なんか必要ない。

ただ、自分たちと違うからという、それだけの理由で不吉がり、自身の暴力を正当化しようとしていた。

幸いにして、大勢の人間が暴徒化して襲い掛かってくるということはなかった。

けれど、石を投げ込まれたり、銃弾を撃ち込まれたりしたことは何度もあった。

直接襲い掛かってこなかったのは、彼らの中にも私たちキメラに対する恐怖が少なからずあったのだろうということと、サリエル様の存在が歯止めになっていたからだと思う。

サリエル様が龍を退けたことは知れ渡っているし、孤児院がサリエル様の運営しているところだということも周辺住民は知っていた。

だから、サリエル様に感謝している善良な人は孤児院への手出しなど考えなかったはずだ。

それでも銃弾が撃ち込まれるのは、世の中善良な人ばかりじゃない、ということなのだろう。

こういう時頼りになるギュリエは、残念ながら龍の襲撃がサリエル様によって退けられたという報道が出たあたりで姿をくらませてしまった。

肝心な時にいてくれないと当時は不貞腐《ふてくさ》れたものだけれど、ギュリエはその時、必死になってサリエル様を救うために動いていたんだと、後になってから知った。

私は、後になってから知ることが多すぎる。

当時の私はどうしたって無力で、無知な、ただのお荷物でしかなかった……。

どちらにせよ、ギュリエの助力は求められない。

私たちは孤児院に籠城《ろうじょう》して何とかやり過ごしていたけれど、いよいよとなったら打って出ることも検討されていた。

と言っても、それは相手を退けるためではなく、私たちが逃走するための計画だ。

私のような一部を除いてキメラの能力は優れている。

相手が武装していても、正面から突破して逃げ出すことくらいはできると踏んでいた。

そのために全員が乗れる大型車もあった。

龍襲撃事件後に里帰りしたうちの一人が乗ってきたものだ。

何のためにそんなでかいので帰ってきたんだと呆《あき》れていたけれど、こういう事態になることを想定していたのかもしれない。

先見の明というやつだ。

呆れていた自分が恥ずかしくなったのを今でも覚えている。

そうした、どこか緊張感を孕《はら》んだ日々が過ぎていった。

いつ破裂するかわからない。

それは外の住民たちかもしれないし、私たちの中の誰かかもしれないし、あるいは世界そのものが先かもしれなかった。

けれど、そうなる前に事態は動いた。

「サリエル様に会いに行くよ」

孤児院の中で、私に次いで不健康な男がある日、突然そんなことを言いだした。

彼は体質的に眠れない。

そのため目の下には常に大きくどす黒い隈《くま》が浮き出ており、覇気のない疲れた様子をしていた。

それなのに、脳内で分泌される成分が特殊らしく、常に何かをしていないと落ち着かないのだという。

本人は常々「何もしたくない」と言っているのに、何かをし続けなければならない体質だった。

普段は部屋にこもって何かをしている彼が出かけると言い出すのは珍しい。

どころか、おそらくこれが初めてのことだった。

普段は死んだ魚のような目をしているけれど、この時だけはどこからんらんとした目をしていた。

その雰囲気に圧倒されたのは私だけじゃなかったらしく、彼の言う通り孤児院の全員で大型車に乗り込み、出かけることになった。

時間がないから詳しい説明は道中で、ということで。

いざという時の脱出のために使われるはずだった大型車は、襲撃を受けることなく平和に発進した。

道中、話す時間はたくさんあった。

ダズトルディア国は大陸一つが丸々一つの国家としてまとまっていた。

広さも広大で、おかげで移動にかかる時間は長く、その分話す時間もたくさんあったのだ。

しかし、説明に要した時間はその実少ない。

道中で語られた説明は、端的に言えば「サリエル様はこの窮地を脱するために、自分の身を犠牲にしようとしている」という、ただそれだけのことだった。

そのサリエル様の行動の理由や、どうやってそれを成し遂げるかなどの説明ももちろんあったが、孤児院のみんなにとって重要なのはそこではない。

サリエル様がその身を犠牲にしようとしているという、その一点だ。

どうして彼がそんなことを知っているのかというのも、あまり重要視されなかった。

部屋にこもって怪しげなことをしているのはいつものことだったから、きっとその延長で怪しいルートからその情報を仕入れたのだろうと。

そして、説明に要した時間は少なかったけど、その後の車内での話し合いは長く、とても長くなった。

「サリエル様を止めなきゃな」

「止めて、どうするんだ?」

心情的にはみな一緒だった。

サリエル様に犠牲になってほしくない。

でも、そうしないとこの世界は滅びる。

「自分の身が可愛《かわい》いからって、サリエル様に犠牲になれってのか⁉」

「そうじゃない！　けど、これはサリエル様自身が選んだ道なんだろう⁉　それを止める資格が俺たちにあるのか⁉」

喧々囂々《けんけんごうごう》。

私は、どちらにせよ長く生きられないと諦《あきら》めていた身だ。

多少死ぬのが早まっただけだと、覚悟することもできていた。

……自分だけのことを考えれば。

私のことはいい。

けど、孤児院のみんなも死んでしまうとしたら？

それを防ぐ術があるとしたら？

私はみんなに生きていてほしかった。

そして、サリエル様も同じ気持ちなんじゃないかって、そう思うと、サリエル様を止めるのが正しいと思えなくて……。

でも、サリエル様がそれで犠牲になるのも許容しがたくて……。

みんなも私と考えていることは似たり寄ったりだったと思う。

結局、正しい答えなんてない。

だから、意見が割れて、どっちの主張も間違ってなくて、話は平行線になって。

「おらガキども！　みっともなく喚《わめ》いてんじゃないよ！」

それを、院長が一喝して止めた。

「ここでうだうだ言ってもしょうがないだろ？　あんたらがここで何言ったところで、決めんのはサリエル様本人だ。言いたいことがあんならサリエル様本人に直接ぶつけな！」

院長の言う通りだった。

私たちは結局のところ、何の力もない子供で、ああだこうだ言ったところで何ができるわけでもなかった。

院長の一喝で喧騒《けんそう》は止《や》んで、その後は車内が不気味なくらい静まり返った。

それでもまだまだ移動の時間はあって、結局我慢できなくなってぽつりぽつりと話をし始めた。

とりとめのない話から、この後どうなるのかという話も。

色々話したような気がするけれど、その内容は思い出せない。

きっと、話をしながらも、頭の中ではいろいろごちゃごちゃと考えていたせいだと思う。

そのごちゃごちゃ考えていたこととの内容も覚えていない。

うまく頭の中でまとまっていなかったのだから、当然のことかもしれないけど。

ただ、そのごちゃごちゃ考えていたことの中で唯一覚えていることがある。

それは、サリエル様に会ったらハンカチを渡そう、ということだった。

いろいろなことがあって完成が遅れていた刺繍《ししゅう》入りのハンカチだけど、ようやく孤児院全員分のものが出来上がっていた。

この後どう転ぶかわからないけれど、どうなろうとサリエル様にハンカチを渡せる機会は次に会った時を逃せばもうないと予感していた。

そしてその予感は正しかった。

たどり着いたのは、ダズトルディア国の政治の中心地ともいえる場所。

大統領府。

どんな手を使ったのかわからないけれど、一般人は立ち入れないはずのそこに、私たちはあっさりと入ることを許された。

どうやって大統領府の人に渡りをつけたのか、それは今をもって謎だ。

けど、サリエル様との面会がかなうのだから、私たちにとって都合が良かったので些細《ささい》な問題だ。

そう、私たちはサリエル様と面会することができた。

「息災そうで何よりです」

久しぶりに出会ったサリエル様の第一声がこれだ。

こっちがどれだけ心配したのか、そんなことに一切頓着《とんちゃく》していないような、どこかずれたその言葉は、とてもサリエル様らしかった。

それから、私たちは時間が許す限りサリエル様と話した。

考え直すようにサリエル様を引き留めたりもした。

けど、サリエル様の意思は固かった。

「それが私の使命ですから」

どう説得しても、最後はその言葉で締められ、サリエル様の意思を覆すことはできなかった。

どうあってもサリエル様の意思を覆すことができないと悟ると、自然と話題は思い出話に変わっていった。

保護された直後、眠れない夜にみんなで寄り添うようにしながら、サリエル様に本を朗読してもらったこと。

ポティマスの実験がトラウマになっている子が、それを思いだして震えている時、震えが収まるまでサリエル様がずっと抱きしめて頭を優しくなでてくれたこと。

学校に通えなかった私たちに、サリエル様が教師として授業をしてくれたこと。

夕食で嫌いなものが出て、それをこっそり隣の子に押し付けようとしたら、サリエル様にバレて「好き嫌いはいけません」と無理やり口の中に突っ込まれたこと。ちなみにその子はその嫌いなものが余計嫌いになってしまったというオチがある。

女子のスカート捲《めく》りが男子の間で流行《はや》りだした時、サリエル様が男子たちのズボンを軒並み没収してしまい、男子たちはパンイチで過ごさなければならなくなったこと。それ以来スカート捲りはなくなった。

幼少期を過ぎて思春期に差し掛かろうかという時期、保健体育の授業と称して恥ずかしげもなくアダルトビデオを見せられたこと。淡々と男女の交わりについて解説するサリエル様と、「子供になんてもん見せてんですかい!?」と慌てて授業部屋に突撃してきた院長。その後サリエル様は院長に長いお説教をくらった。

私たちの誕生日はわからないから、孤児院の開設日を全員の誕生日としていた。その日はみんなで盛大に祝っていた。サリエル様は一人一人にプレゼントをくれていた。

恋愛相談とか、そういうことを相談する相手はサリエル様じゃなくて院長だった。だってそっち方面はサリエル様、あてにならないから。でも、サリエル様は相談されなかったことに対してちょっとしょんぼりしてるように見えた。

いい思い出もあれば恥ずかしい思い出もあり、苦い思い出もある。

でも、思い出の話題が尽きることはなかった。

私たちの人生には、ずっとサリエル様がいた。

ポティマスの実験施設から救い出されて、実験動物から私たちを人間にしてくれたのは、他ならないサリエル様だった。

サリエル様との思い出を語るということは、私たち全員の人生を語ることとほぼ同義だった。

だから、話題が尽きるはずがなかった。

「……そろそろ、お時間です」

そして、時間切れ。

別れの時が、きた。

「サリエル様、これ」

だから私は、最後の機会となるこの時に、ハンカチを手渡した。

サリエル様にまずは渡して、その場で孤児院のみんなに順々に。

孤児院のみんなが、同じ私のハンカチを持つことで、私たちはいつでもあなたと共にいますと、
そんな気持ちが伝わればと思って。

私の気持ちが伝わったのかどうか、それはわからない。

サリエル様は人の気持ちに関してはポンコツだから。

それでも、伝わったと信じて……。

「みんな。幸せに生きてください。ただ、平穏に」

最後にサリエル様はそう言った。

あなたがいないのに、幸せになれるの？

そう思ったのは、きっと私だけじゃなかったはずだ。

行かないでと、引き留めたかったのは、私だけじゃないはずだ。

でも、サリエル様は振り返ることなく、去っていってしまった。

サリエル様が去っていって、その姿が完全に見えなくなって、そしたら、誰《だれ》からともなく泣き始めた。

もしかしたら、一番に泣き始めたのは私だったかもしれない。

他の誰かだったかもしれない。

その区別がつかないくらい、みんなでわんわんと子供のように泣いた。

ただ、とにかく泣き続けた。


『聞こえるか？　人間たちよ』

泣き続けた私たちの頭の中に、直接語り掛けてくるような声が聞こえた。

それは聞きなれたギュリエの声だった。

『私の名はギュリエディストディエス。気づいた者もいるかもしれないが、今この瞬間、世界は変化した』

前後不覚になるくらい泣きわめいていた私たちにはわからなかったけれど、どうやらその瞬間世界は変質していたらしい。

『これより、この星はシステムの管理下に置かれる。私はその管理者となったことを告げる』

そう、この瞬間、システムは構築された。

『知っての通り、人間たちの愚かな振る舞いにより、この星の命は尽きようとしている』

ただ、それがどういう意味をもつのか、この時の私たちに知る由はない。

『その対策として、サリエルを犠牲にして星の命を回復させようとしている。己らが招いた危難を、他人の命を使って解決しようというわけだ』

私たちはずっと大型車で移動を続けていたので知らなかったけれど、ダスティン大統領はサリエル様を犠牲にして星を救うということを発表していたらしい。

そして、その日こそが、その実行日だった。

これは後になってから知ったことだけど、ダスティン大統領は私たちをサリエル様の最期に立ち会わせないようにしていたらしい。

ダスティン大統領も私たちにサリエル様を看取らせるかどうか、かなり悩んだそうだけど、子供たちである私たちに、親代わりであるサリエル様の死に目を見せるのは酷だろうと最終的には判断したそうだ。

『人間が犯した罪は、人間が贖《あがな》うのが道理だと思わないか？』

ただ、この時はそういった事情なんて知る由もない私たちは、どうしてギュリエの声が頭の中に聞こえるのか不思議でしょうがなかった。

の術だ』

『だから、我らは貴様ら人間にチャンスを与えることにした。この星を覆ったシステムはそのため

ただ、ギュリエの話を聞いて行けば、その理由はわかってくる。

『貴様ら人間には戦ってもらう。そうすることで、魂のエネルギーを増やすことができるようになっている。貴様らには戦い、勝利し、エネルギーを増やす装置となってもらう。そして、死んだその時、蓄えられたエネルギーを回収し、それを星の再生に充てる』

それは、システムの仕様の説明。

『だが、それでは死んだらそれまで。だから、このシステム内にいる限り、同じこの星に輪廻《りんね》転生できるようにしてやった。死ねばまたいつかこの星で生を受け、そしてまた戦ってエネルギーを稼いでもらう』

戦って死んで生まれなおしてまた戦って死んで……。

泣きつかれていた私たちには、そんな地獄のようなシステムの説明も、なかなか頭の中に入ってこなかった。

『今、この星はサリエルの力によって崩壊を免れている。貴様らの手で、生贄《いけにえ》にしようとしたサリエルを救い出せ。サリエルにしようとしていたことを貴様らがするだけのことだ。簡単だろう？』

でも、サリエル様を救い出せという、その一言だけはやけにはっきりと頭の中に残った。

サリエル様を救う手立てがある。

それは私たちにとって希望だった。

『貴様ら人間の罪だ。贖え。贖え。贖え。贖え。贖え。贖え。贖え。贖え。贖え。贖え』

それは人々にとって、己の罪を自覚させるような、耳を覆いたくなるような声だったに違いない。

『戦え。戦え。戦え。戦え。戦え。戦え。戦え。戦え。戦え。戦え。戦え。そして、死ね』

けれど、私たちにとってはまるで福音のように響いていた。


そして、この日から私たちの戦いが始まった。

サリエル様を救うための戦いが。

長い長い戦いが。

……あまりにも長く、長く、過酷な戦いが。


「あ」

そこでフッと目が覚めた。

今一瞬意識が飛んでた。

……いかんいかん。

これが走馬灯ってやつか。

「っと⁉　あっぶな⁉」

意識がはっきりした瞬間、迫ってきていた攻撃を避ける。

危ない危ない。

走馬灯からの死亡コースになるところだった。

けど、まだ死ぬわけにはいかない。

バックステップで相手と大きく距離をとる。

幸いにしてその相手は追撃してくることはなかった。

距離が取れたので一息つく。

頭を軽くなでると、ぬるりとした感触。

割と少なくない血が頭から流れ出ていた。

意識してその頭部の治療を始める。

これのせいでさっきは一瞬だけ意識が飛んだんだ。

そして、改めてその相手を見つめた。

そいつの姿はシンプルな人型の金属の塊だ。

両手がドリルだということを除けば、シンプルすぎるくらいシンプルな等身大の球体関節人形。

はっきり言って、見た目だけならばこれがポティマスの最終兵器だとわからない。

だというのに、これは紛れもなくポティマスの最終兵器なのだ。

グローリアタイプΩ。

それがこれの正式名称らしい。

対戦前にわざわざポティマスが教えてくれた。

そのオメガとやらが、消える。

目を離してはいなかった。

むしろ瞬きもせずに注視していた。

それなのに、私はオメガを見失ってしまっている。

瞬間、私は勘に頼って真横に飛んだ。

そして、その行動は正解で、私が飛んだ反対側の横からオメガがドリルを突き出していた。

あとほんのレイコンマ何秒でも避けるのが遅れていたら、私はあのドリルに貫かれていたことだろう。

心臓が縮み上がるように収縮する。

「つんにゃろう！」

カウンターを浴びせるべく足を振り上げるも、その私の回し蹴《げ》りはむなしく宙を切った。

私が蹴りを放った瞬間には、すでにオメガは私の攻撃範囲外に逃れていた。

「……やるじゃん」

自分でも負け惜しみだとわかることを言ってしまった。

でも、そんな負け惜しみでも言わないとやってられない。

いつぶりだろう？

この私が、目で追えないなんてこと。

その見た目のせいで侮ったわけじゃない。

……それも全くないと言えばウソになるけど、あのポティマスがわざわざ名前まで教えてくれた兵器だ。

油断していい相手じゃないことはわかっていた。

だというのに、私はオメガの動きを目で追えず、初撃をもろに頭にくらってしまった。

そのせいで走馬灯を見る羽目になったよ……。

オメガのスピードは異常と言うしかない。

おそらく、全力の私と同等か、それ以上。

別にこの予想は負け惜しみから言っているわけじゃない。

今の私は全力の状態よりも大幅に弱体化されてしまっている。

抗魔術結界。

ポティマスのお得意の結界が、この場には張られている。

そりゃ、このオメガを配置して、こうやって私のことを待ち受けてたんだ。

罠《わな》があるに決まってる。

ここはポティマスのキルゾーン。

私はまんまとそこに誘い込まれたわけだ。

まあ、そうとわかってて来てやったんだけどね。

私はポティマスをただ倒したいだけじゃない。

罠だろうが最終兵器だろうが何だろうが、ポティマスの全力を粉砕して、絶望させてから倒したいんだ。

だから罠だとわかっていながら飛び込んできたわけだけど、ちょっと後悔。

このオメガ、下手《へた》をしなくても全力の私と同等以上の力がある。

大概の相手ならば抗魔術結界内であっても下せる自信があったけど、このオメガが相手だときつい。

見た目弱そうなくせに、とんでもない性能だ。

……イヤ、違うな。

こいつのこの見た目は極限まで無駄をそぎ落とした結果こうなってるんだ。

見た目の良し悪しだとか、そういうのを一切気にせず、性能にだけ重きを置いているからこそ。

美意識の高そうなポティマスが外見のこだわりを捨てて、性能にのみ注力した力作。

そりゃ、強いわけだ。

そうとわかれば、意識を切り替える。

これは生半可な覚悟で挑んでいい相手じゃない。

そう、挑むんだ。

私のほうが格下。

そう思って戦わねばならない。

ホント、こんなこといつぶりだろう。

思い出せない。

格上と戦うのがいつぶりのことなのか、思い出せないくらい長い時間が経《た》ってるってことだ。

あの、何もできなかった、最弱だった私が。

でも、今の私はもう、最弱ではない！

気合とともに踏み込む。

オメガのスピードに翻弄《ほんろう》されたらヤバイ。

抗魔術結界のせいで体内で発動する魔術以外は無効化されている。

それはつまり体外で発動するスキル、放出系の攻撃は全滅ということ。

魔法も糸も使えない。

だから、残された選択肢は接近戦のみ。

とにかく、オメガのスピードによるアドヴァンテージを殺すためにも、ピッタリと張り付かねばならない。

「シッ！」

こっちが接近するのを待ち構えていたオメガに向けて拳《こぶし》を放つ。

オメガはそれをひらりと簡単に躱《かわ》してみせた。

けど、そんなことは想定内。

私はさらにオメガを追うようにして、連打を繰り広げる。

オメガがカウンターを繰り出す暇もない、怒涛《どとう》の連打！

が、オメガはそれすらもすべて見切り、私のわずかな隙をついて懐に飛び込み、ドリルを腹に突き刺してきた。

「うぎっ⁉」

ドリルの刃が回転し、私の腹の肉を削っていく。

距離をとるのはよくないとわかっていても、これはとらざるをえない。

ドリルから逃れるために後ろに下がる。

いっつつつ……。抗魔術結界のせいで痛覚無効が働いてないな、これ……。

自然と呼吸が荒くなる。

けど、息を吸っても吸っても楽にはならない。

それどころか、息を吸うだけ気分が悪くなってくる。

それだけ傷が深い、だけじゃないな、これ……。

おそらく毒。

科学的な毒物はシステムの影響で一定以上の濃度を超えると勝手に分解されてしまうはずだけど、ポティマスのことだからその抜け道を見つけていても不思議じゃない。

参ったな。

抗魔術結界だけじゃなくて、毒か……。

まさか自分の十八番で追い詰められることになろうとは……。

お腹《なか》の傷を再生させるも、その速度はいつもよりだいぶ遅い。

いつもなら半身が吹っ飛ばされようが、瞬時に回復できるんだけど。

そのいつもの感覚で戦っていると危険だ。

いつもより慎重に被弾を避けないといけない。

ほとんどの属性に耐性を付けてからというもの、敵の攻撃を避けるっていう習慣がなくなりつつあったからなー。

当たってもダメージにはならないし、だいたいは暴食で当たる前に捕食して無効化しちゃってたし。

強くなったからこその弊害、というか慢心か。

同格以上の相手と戦うと、こういう自分に足りないところが自覚できちゃうなぁ。

その感覚も久しぶりだ。

じゃあ、ちょっと、普段はしない、賭《か》けみたいなこともやってみるか。

そうでないとこのオメガには勝てそうにない。

オメガが突っ込んでくる。

真正面！

スピードはすさまじいけど、さすがに真正面から突っ込んでくる相手を見失ったりはしない。

その愚直なドリルの突きを、私はあえてガードせずに胸で受け止めた。

「あああああ！」

胸に大穴が開く。

「捕まえ、た」

それを代償にして、私はオメガの体を左手でがっちりと掴《つか》んだ。

そして、右手を強く握りこむ。

この一撃に、全力を込める！

会心の右ストレート！

私の全力の右ストレートをもろに顔面にくらったオメガは、その頭部を破裂させ、さらには衝撃で上半身を丸々吹っ飛ばした。

だけでなく、下半身をも大半を爆散させる。

「どうだ。見たか」

慎重に被弾を避けないといけないとの決意は何だったのか。

けど、たぶんこれがオメガに対する正攻法だ。

被弾を恐れて手をこまねいていたら、オメガのスピードに翻弄されて、ろくに攻撃を当てられずにやられていただろう。

なら、あえて被弾してオメガを捕まえ、一撃で倒す。

短期決戦。

これが多分消耗が一番少ない方法だ。

傷は深いけど、時間をかければ治る。

じりじりと時間をかけて傷を治す速度よりも、傷を負う速度が上回るほうが消耗も激しかったはずだ。

「残念だが、まだ終わっていないぞ？」

しかし、勝利の余韻を味わう私に、ポティマスが無慈悲な宣告をしてくる。

粉々に砕け散ったオメガの体が、まるで液体金属のように流動して寄り集まり、一瞬にして元の姿に戻ってしまう。

「第二ラウンド開始だな」

呆気《あっけ》にとられる私をよそに、どこか楽しげなポティマスの声が響く。

そして、オメガが再び私に襲い掛かってきた。

黒6　一人語り　ラグナロク

人間と龍との戦いが始まった。

それ自体は予測できたことだ。

龍にとって人間など塵芥《じんかい》に等しい。

知的生命体であろうと、龍から見ればその他の動植物と大した差はない。

ましてや星の生命力であるMAエネルギーを、再三の忠告にもかかわらず搾取し続けるような種族だ。

龍が人間に対して星を蝕《むしば》む害獣という認識をしても致し方ない。

そして、害獣を駆除するのに躊躇《ちゅうちょ》するはずも、な。

これが龍の庇護《ひご》下にあればまた話は違ったのだろうが、この世界の人間はそうではなかった。

一部、龍を信仰する人間もいるにはいたが、その数は世界の人口と比すればごく少数に過ぎない。

そのごく少数については、最終的に救いの手を差し伸べるつもりだったのかもしれないが、残念ながらそうはならなかった。

当時の私はしょせん下っ端の一人にしかすぎず、上層部がどう考えていたのか知る立場になかった。

上層部が未来にどういった展望を描いていたのか、それを知るすべはもはやない。

私に与えられた指令は、サリエルの説得だ。

これ以上人間の行いを看過することはできないので、人間を駆逐する。

サリエルにはその行動を黙認してほしい。

そういった内容の交渉だ。

私からしてみれば成立するはずのない交渉だ。

サリエルと知己であるという理由で交渉役に選ばれたわけだが、正直に言えば気が重かった。

誰《だれ》が決裂するとわかりきっている交渉を担いたいと思う？

しかもその交渉相手は一方的に思いを寄せている相手だぞ？

……気は進まんが、やらないわけにはいかなかったさ。

しかし、上層部がこの交渉をどのように考えていたのか、それは謎だ。

交渉は成立すると思っていたのか、私と同じように決裂すると思っていたのか。

それすらわからん。

一応、一般的な龍の考えから言えば、交渉が成立する可能性もなくはないのだ。

サリエルの使命は在来種の保護だ。

人間たちがＭＡエネルギーを使い続ければ、そのうち星が崩壊することはわかりきっている。

星が滅びれば在来種も全滅だ。

それならば、一時だけ龍の行動に目をつむり、人間の排除を黙認するということも、考えられた。

もっとも、サリエルが守りたかったのは在来種ではなく、その人間たちだったのだから、前提条件が違っていたのだが。

しかし、上層部がそれを把握していなかった可能性はある。

だとすれば、交渉成立の芽はあると思ってもおかしくはない。

だが、最初から交渉が決裂すると考えていたのなら？

それならば私が交渉している最中に、もう人間への攻撃が行われていたことの説明もつく。

要は私は交渉役という名の、足止め要員、時間稼ぎ役として派遣されたということだ。

まあ、扱いとしては捨て駒のようなものなので、あまり考えたくはないことなのだがな……。

私が交渉している最中に攻撃を開始したことについては、交渉が成立すると見込んで勇み足で、ということも、ありえなくは、ない。

……自分で言っておいてなんだが、なかなかに苦しい言い訳だがな。

どちらにせよ、その後私は龍の一派に合流することはなかったため、上層部の思惑を知ることはできんかったがな。

今となっては真相を知ったところでどうしようもないことだ。

私の予想通りサリエルとの交渉は決裂し、サリエルと龍は敵対した。

それがすべてだ。

その戦いは、苛烈《かれつ》を極めたのだろう。

私は現地にいなかったからな。

あくまで推測に過ぎん。

だが、単騎のサリエルに対して龍は複数だ。

そして一国を滅ぼすのに、龍は一柱いるだけで十分だった。

いくらサリエルが防衛に回り、龍を各個撃破していったとしても、その間に他の龍が国を滅ぼして回る。

人間を滅ぼそうとする龍と、それを追いかけて殲滅《せんめつ》するサリエルと。

ど派手な鬼ごっこが起きていたわけだ。

当然戦いはそれなりに長期化した。

そうなってくると人間も我ら龍に対して備え始める。

それがいかに絶望的な戦いであろうとも、人間としてもむざむざ殺されてたまるかといったところだったのだろう。

ついこの前、と言っても、人間の感覚ではそこそこ前のことになるか。

風龍ヒュバンが治めていたあの地の地下から出土した兵器、ポティマスが設計してどこぞの国が作ったとかいうあれだ。

あれも我ら龍に対抗するために人間が作ったものだ。

さすがに実際に我らと戦うまでに完成はしなかったようだが。

もっとも、完成していたところで人間が龍に対抗できたはずもない。

龍の襲撃にあって、人間の軍隊ももちろん抵抗したが、そんなものあってないようなものだった。

が、誤算だったのは、その軍隊のために人間たちがさらにＭＡエネルギーを収奪したことだ。

兵器を作るのに、兵器を運用するのに。

ＭＡエネルギーの消費をやめさせるための戦いで、むしろＭＡエネルギーの消費が増えてしまったのだから、皮肉なものだ。

その裏でポティマスが兵器の設計図を売りさばいていたのも気に食わん。

奴《やつ》は指名手配された後も、MAエネルギーの第一人者として裏でかくまわれていた。

その研究成果を喉《のど》から手が出るほど欲している人間は山ほどいたはずだ。

隠れ先に困ることはなかっただろう。

そうしてかくまわれながら、奴は悠々自適に研究にのめりこんでいたのだ。

なぜ、当時の私は奴のことを放置していたのか、これほど後悔したことはない。

フォドゥーイがポティマスの陰謀に巻き込まれて吸血鬼化した時、孤児院の子供たちと接してポティマスの罪深さに怒りを覚えた時……。

こんなことになるなら、そういった時に衝動的に奴を葬っていれば……。

少なくともここまで話がこじれることもなかっただろう。

人間の犯罪者は人間の手で裁かれるべきなどと、聞き分けのいい判断をすべきではなかった。

普通失敗というものは感情に振り回されて理性的に対処できなかったが故に起こることが多いが、時には感情のままに動いたほうがいいこともあるという教訓だな。

とは言え、そういった事柄というのは大抵後になってみて良し悪しがわかるものだから、その時その時では何が最善だったのかなどわからないことのほうが多いのだがな。

それがわかっていれば、私は真っ先にポティマスを殺していたさ。

今も、ポティマスのことは殺したい。

が、その役目は私のものではない。

その資格も私にはない。

内心では忸怩《じくじ》たるものがあるが、その役目を任せるのに否やとは言わん。

人間の犯罪者を裁くのは、やはり人間の手で、といったところか。

ずいぶんと、裁くまでに時間はかかってしまったがな……。

なに、その分罪状は腐るほどたまっている。

どんな裁きを下そうとも、許されるだろう。

少なくとも私は許す。

存分にやるがいい。

思えば、この世界では多くの罪が生まれ、各々それらを背負ってきたものだ。

個人的にはこの世界で生きる人々はもう、かなり罪の清算はしていると思っている。

これを聞けばアリエルなどは怒りそうなものだがな。

それでも、彼らは十分罰を受けたはずだ。

考えてもみろ？

正しい輪廻《りんね》の輪に戻ることも許されず、延々この世界で転生を繰り返し、魂の力を搾取され続けているのだぞ？

転生して前世の記憶を引き継がず、本人にその自覚がなくとも、はたから見ている私からしてみれば十分つらい罰だ。

魂を酷使され続けた結果、転生することさえ危うくなってきているのだからな。

もともと人数の少なかった魔族などは、長命であるにもかかわらず人族との戦争で生まれて死んでのサイクルが早く、魂の摩耗も酷《ひど》くなってきている。

過去、進化のためにＭＡエネルギーを多量に消費した罰なのかもしれないが、それでも種族として成り立たなくなる瀬戸際になってしまっているのを見るに、償いとしては十分なのではないかと思う。

人族にしても、すべての人間がＭＡエネルギーの恩恵にあずかっていたわけではないしな。

中にはとばっちりでこの世界にとらわれてしまった人間も多い。

ダスティンなど、本来であればあそこまで自らを追い込まなくともよい立場だったはずだ。

ダスティンの最後の選択は、確かに納得のいくものではない。

だが、奴にはそれしか選べなかったという事情もある。

そう考えると酷い貧乏くじもあったものだ。

その貧乏くじを引かされた身であるというのに、引いたのは自分の意思だとして未だにその責任を取り続けているのだから、大したものだよ。

面と向かってこんなことを言うことはないがな。

当たり前だ。

ある種大したやつだと思ってはいるが、私は神言教の方針を認めたわけでもない。

それはそれ、これはこれ、というやつだ。

もっとも、これに関しては私もダスティンには多少の負い目があるからこそだろう。

ダスティンの最後の選択、それを強く非難することができないのは。

その選択をとらざるをえなくさせたのは、間違いなく我ら龍なのだからな。

私自身はそれに加担したわけではないが、それでも同種として他の龍がしでかしてしまったことについて後ろめたい思いはある。

この世界の人間たちがこうして長年に渡って罪の清算をしている中、龍たちはそれをしていないというのもその思いを助長させる。

龍は最後の最後にとんでもないことをしでかしてくれたのだ。

それは、この世界のMAエネルギーを限界間近まで引き出し、持ち逃げしたことだ。

人間たちの手ですでにかなりの量のMAエネルギーが浪費されていたところに、そんなことをすればどうなるか？

考えるまでもない。

この世界は終わる。

それは覆しようがない終焉《しゅうえん》の幕開けだった。

サリエルと龍の戦いが終息した後、急激に世界が崩壊へと向かっていったのはそういった理由からだ。

龍はそれを狙《ねら》ったのだから当たり前の話だ。

この世界に生きる人間たちは、龍の行いに対して「なんてことをしてくれたのだ」という思いでいるだろう。

私としても同じような思いだ。

が、龍の視点から見ればさして不思議なことでもないのだ。

人間たちからしてみれば不条理極まりない行いだろうが、龍からしてみれば非常に合理的な行いだと言える。

言ってしまえば龍はこの世界に見切りをつけたのだ。

人間とて沈みゆく泥船にいつまでも乗っていたいとは思わんだろう？

その泥船から早々に脱出できるのであれば、そうするのが当たり前だ。

その際持ち出せる荷物があって、余力があるのならば持っていく。

どうせ沈む船なのだから、持ち出せるだけ持ち出そう。

そういうことだ。

それともう一つ。

確実に沈ませることによって、二度と浮き上がってこれないようにするという意味合いもある。

龍からしてみればこの世界の人間たちは再三の忠告も聞かず、世界を破滅へと追いやった害獣だ。

そんなものがこの世界を飛び立ち、他にも拡散しないよう手を打つのは当然のことだろう。

害獣を一網打尽にしておき、後顧の憂いをなくす、というわけだ。

その駆除される側の人間にとっては愉快な話ではないだろうが、龍から見た人間の真実はそれだ。

龍としても居住可能な星を一つ失うのは痛手だが、そこはサリエルという先住者がいたために支配もできていなかった地だ。

もともと手にしていたわけではないのだから手放すのも惜しくはない。

手にしていたわけではないのだから、手放すという表現はいささか的外れか。

支配することを諦《あきら》め、滅ぼすことにした、というところだな。

そう言うと酷い印象になるな……。

あながち間違ってはいないし、この最後に龍がしでかしたことについては私も憤っているので訂正する気はないが。

龍としての観点から言えばその判断は確かに正しいのだ。

龍にとってメリットはあれどデメリットはないからな。

支配できなかった星が一つなくなる代わりに、その星の残っていたエネルギーを手にできるのだから。

さんざん言っているが、そこに住まう人間たちが結果的に根絶やしになるのも、龍にとっては害獣が駆除されるのだから良かれという思いなのだ。

知的生命体だからといって情けは存在しない。

むしろ、知的生命体だからこそ龍からしてみれば許しがたかったのだろうよ。

いくら注意しても聞き分けのない子供が、ついに取り返しのつかない愚挙を犯した。

そう聞けば怒りとともに見限られても仕方がないことだと思わんか？

……お前はどちらの味方なのかと？

決まっているだろう。

私はサリエルの味方だ。

そして、サリエルの味方であって人間の味方ではない。

私もはぐれとなる前は龍の視点で人間を見ていたのだ。

人間の愚かしさに腹を立てていた。

この世界が崩壊する最後の引き金を引いたのは龍だが、そこに至る道筋を作り上げた罪業は間違いなく人間にある。

だから龍か人間かで言われれば、私は龍の擁護をするさ。

とは言え、龍の味方、とももはや言えない身なのだがな……。

……私とて龍の端くれなのだ。

今はもうはぐれの身となってしまったが、生まれた種族を悪く言いたくない気持ちがあるのは否定できない。

最後に龍がMAエネルギーを持ち逃げしたことは許しがたいが、龍の立場から見ればそれを推奨する自分もいる。

どっちつかずの優柔不断と笑うか？

……その通りだな。

私は結局のところ、そうやってどちらかに決め切ることができなかった。

だからこそ、こうして今もうじうじと悩んでいるのだろうよ。

……。

……そこは否定してくれてもよかったのではないか？

…………まあいい。

私が情けないのは今に始まったことではない。

わかっている。

だが、そんな私にとってDに泣きつくという行為は、一世一代の決断だった。

今でもよくあんな思い切ったことができたと、自分でも不思議になるくらいだ。

そもそも、私はDと面識があったわけではない。

それもそうだ。

Dはあまりにも強大すぎる神だ。

神々の中でも一大勢力を築く龍ですら、手出しするのを控えている相手だ。

サリエルにも龍は手出ししてこなかったのではないかと？

たしかにサリエルとDでは対応に差がありすぎる。

が、それでも同じ世界に住まい、長期的な目で見て徐々に内に取り込んでいこうと目論んでいた。

全く手出ししていなかったわけではなく、少しずつ包囲網を広げていたようなものだ。

しかし、Dについてはそれとは異なる。

近づくことさえしない。

触るな、関わるな、もし向こうから近づいてくるのなら迷わず逃げろ。

龍に伝わるDとはそういう存在だ。

プライドの高い龍がそこまで言い切るのだ。

龍がどれほどDのことを危険視しているか、それでわかろう。

そもそもDについては龍の間で禁句のような扱いになっている。

口に出すのも憚《はばか》られる、といった具合だ。

事実、若い龍の中にはDの存在自体を知らないものもいた。

私も龍の中では若いほうだったが、空間能力に秀でていたこともあってその存在を知らされていたにすぎない。

空間能力を使えばどこへでも行けるが、だからこそ行ってはならない場所というのも教えられるのだよ。

その一つがＤのところだった、というわけだ。

龍の一派は神々の中でもかなりの勢力を誇っているが、それでも敵なしというわけではないということだな。

手出しすれば相応のしっぺ返しがある神々がこの世には多くいる。

我ら龍の頂点である龍神様《りゅうじん》も、大昔に一度地獄を治める神に重傷を負わされたことがあるそうだ。

龍神様が傷らしい傷を負ったのは後にも先にもその一度きりだと言われている。

ん？

龍神様に会ったことはあるのかと？

私が？

あるわけなかろう。

言っておくが、この世界は龍にとって辺境もいいところだ。

辺境のド田舎《いなか》の寒村のようなものだ。

対して龍神様は王都で暮らす王様のようなものだぞ？

辺境のド田舎の寒村で生まれ育った私が、そんな殿上人に拝謁《はいえつ》する機会があるはずなかろう。

その観点から言えば、Ｄは他国の王様と言えるやもな。

自国の王様に会ったこともないのに、他国の王様に助けを請いにいったわけだ。

我ながら大胆すぎる、というか非常識極まりない。

よくもまあそんなことができたと、正直そう思う。

私も藁《わら》にも縋《すが》る思いだったのだろうな。

縋ったのは藁などというかわいげのあるものではなかったが……。

……果たしてDに縋りついたのは正しい判断だったのか。

それは今も私の中で結論が出ない。

あの時、私がDに縋り、Dがこの世界に介入してこなければ、サリエルの命はなかった。

命どころか、魂の消滅、存在そのものが消えていたかもしれん。

魂が無事ならば輪廻《りんね》を経てどこかで別の生を歩むこともできただろう。

どのような生まれになるのかはわからんが、そこですべてを忘れ、幸せになってくれれば……。

が、魂が消えてしまえばその可能性も潰える。

私はサリエルの命を救いたかった。

最悪でも、魂が消えることを防ぎたかった。

その願いは果たされ、Dの作り上げたシステムによってサリエルとこの世界は延命できた。

しかし、それは私の思い描いていた救いとは違うものだ。

何かをなすためには対価が必要。

私の望み通り、円満にサリエルもこの世界も救われる、そんな都合のいい展開はなかった。

Dにはそれができただろうが、Dにそれをする理由もない。

私がDを満足させられる対価を差し出せればよかったのだが、しょせん龍の若造に過ぎない私に
そのようなものはなかった。

結果として、Dはサリエルとこの世界を救う方法を提供する代わりに、この世界をおもちゃにす

ることにしたのだ。

ステータス、スキル、それらゲームじみたものを現実に取り入れる。

リアル世界をゲームにしてしまったのだ。

そのゲームに巻き込まれてしまったこの世界の人間にとってはたまったものではないが、それも身から出た錆《さび》だ。

そのゲームをプレイすることでしかこの世界を救う手立てがないのだから、贖罪《しょくざい》の意味もかねてやるしかない。

だが、こうも思うのだ。

サリエルが命を賭《と》して守ろうとした人間たちを、Dの余興のために差し出してしまったのではないか、と。

そして、サリエルにもまた、長い苦しみを与えてしまっているのではないかと。

サリエルの延命はなった。

この世界も、在り方は変容してしまったが未《いま》だ存続している。

しかし、どちらも無駄に苦しみを長引かせているだけなのではないか?

私はもしや余計なことをしただけなのではないか?

どうしてもそういった後ろ向きな考えにとらわれてしまう。

長年裏方に徹して、この世界を見守ることしかできなかった弊害だろうな。

鬱屈《うっくつ》がたまって仕方がない。

それも私に与えられた罰の一つなのだろうが、な。

間章　大統領の決断

「状況は？」

「各地で異常気象を始めとした、異変が起きております」

「市民の間では暴動が頻発し、殺人などの犯罪が頻発しています」

「自殺者も増えております。特に龍神教の教徒の多くが集団自殺を」

「食料の配給が滞っております」

次々と報告される、ままならない現状。

ままならなくて当然。

すぐそばに終末が近づいてきているのだから。

「……あと、どれほどの時間が残されている？」

私の質問に、即答できる人間はいなかった。

まるで答えを言うのを恐れているかのように、誰一人として口を開こうとしない。

しかし、いつまでもそうしているわけにはいかない。

「ポティマス・ハァイフェナスの見解では、一年あるかないかだと」

大臣の一人が、恐る恐る口を開いた。

ポティマスの名を聞き、私は顔に不快感が出てしまっていることを自覚した。

この事態に陥った、全《すべ》ての責任をポティマスに押し付けることはできない。

しかし、発端は間違いなくポティマスであった。

一人の男の妄執が、星を崩壊へと導いたのだ。

だが、この状況を打開することができる可能性を秘めているのもまた、ポティマスしかいなかった。

それゆえに、どんなに嫌悪しようとも、ポティマスを処刑することはできなかった。

「しかも、それはあくまでも星が原形を留める限界時間であって、生物が生きていられる限界時間はそれよりも少ないだろうとの見解です」

「補足しますと、時間が経《た》てば経つほど状況は悪化していきます」

言外に、決断をするのならば早めに、と迫られる。

ここまで私についてきた彼らは、私の意思に従おうと決めてくれている。

それがどれだけ理不尽な決断であろうとも、世界一の賢君と言われるようになった私の決断であるのならば、受け入れようと。

決定権を与えられた私は、しかし、なかなか口を開けなかった。

ＭＡエネルギーの使用を禁止していたためか、龍の襲撃頻度が我がダストルディア国では少なかった。

他国が壊滅的被害を受けている中、比較的軽傷で済んでいる。

だからこそ、ＭＡエネルギーの誘惑に打ち勝ち、それを禁止し続けた私は世界一の賢君などともてはやされ、今やダストルディア国に逆らえる国はないと言える。

それゆえに、私は慎重な判断を下さなければならない。

ダズトルディア国が白といえば、黒も白となる状況なのだから。

「ふう」

大きな溜息《ためいき》を吐く。

考えても考えても、結局のところ行きつく結論は同じ。

大統領として、人々の上に立つ人間として、どれだけ受け入れがたくとも決断しなければならない。

「それしか、手はないのか？」

それは問いかけというよりも、自分の中で確認するための呟《つぶや》き。

そして、誰一人その問いかけに答えるものはいない。

答えられない。

長い、長い長い沈黙が会議室を包み込む。

「ポティマス・ハァイフェナスに、準備をさせるんだ」

「……はっ！」

言った。

言ってしまった。

それは、現在人類の代表と言っても過言ではない、ダズトルディア大統領であるこの私が決断した瞬間だった。

その決断に、会議室にいる面々は自然と頭を下げた。

私は一人、席から立つ。

そして、窓際まで歩いていく。

分厚い防弾ガラスから見える空は、夜でもないのに光を失ったかのように暗い。

鈍い音が響いた。

私が窓に頭を打ち付けた音だった。

「何が、何が世界一の賢君だ。ただの、ただの恥知らずではないか！」

叫びながら、もう一度頭を打ち付ける。

続けてさらにもう一度。

何度も、何度も。

「大統領！　大統領！」

額が割れ、血が滴るのを見て、止めに入る大臣。

しかし、それでも私は頭を打ち付け続ける。

三人がかりで窓から引き剥《は》がされ、ようやく私は自傷を止めた。

「クズめ！　このクズめ！」

しかし、言葉は止まらない。

自身に向けた罵倒《ばとう》は止まらない。

「大統領！　大統領！　あなたは立派です！　クズなどではありません！」

大臣は本心からそう言ったのだろう。

しかし、私の心には響かない。

「受けた恩を仇《あだ》で返す。これのどこがクズでないと言える⁉　畜生、畜生！」

私は肩で息をしながら叫び、直後、力を失い椅子に座り込んだ。

「私の名前は、未来永劫罵《みらいえいごうののし》られねばならんな」

「そんなことは」

「ある。あるんだ。だからこそ、その未来を作らねばならん」

私の言葉に、大臣たちは黙り込む。

「私は、もう手段を選ばん。クズはクズらしく、どんな手を使ってでも人々を守る。私のこの魂が消えてなくなるその時まで。それが、恥知らずである私の、唯一できることだ」

血走った眼《め》で、しかし、そこに揺るぎない信念を込めて。

私は宣言する。

「龍から人間を救いたもうた女神サリエル。かの御仁を生贄《いけにえ》に捧《ささ》げ、この世界を存続させる」

私の宣言に、大臣たちが首を垂れた。

「地獄の底までお供します。ダスティン大統領」

Dustin Eabehighnam

ダスティン

本名ダスティン・エーベハイナム。父、祖父、曾祖父とダズトルディア国大統領を務めた名門、エーベハイナム家の生まれ。彼らと区別するためにファミリーネームではなく名前で呼ばれていた。決断力に優れ、公約を必ず守る、強いリーダーシップを発揮した大統領。その断固とした姿勢で人気を博していた。世界を救うために断腸の思いでサリエルを生贄に捧げる方針を打ち出す。そうであるからには何としてでも世界を、人族を救わねばならぬという覚悟を決めている。その公約を果たすべく、今もなお活動を続けている。

間章　ポティマスと神の生贄

龍の襲撃が収まるのと時同じくして、私はダズトルディア国に拘束された。
……とは言っても、それは私のクローンなのだがな。
ふ。連中、捕えたクローンが私本人だと信じて疑っていない。
間抜けめ。
クローンを通じてダスティン大統領にはこの世界を救う方法を提示してある。
それは、女神と言われるサリエルを生贄に捧げることだ。
その装置も目下クローンが作成中だ。
龍をも退けるほどの力を持った女神が有する膨大なエネルギー。
それを女神を分解することによって抽出し、世界に流し込む。
失ったＭＡエネルギーの代わりにするのだ。
……と、そういうことになっているが、そんな方法で世界が救えるはずがない。
エネルギーと一口に言ってもその種類は違う。
原子と一口に言ってもそれぞれ全く異なるのと一緒だ。
女神のエネルギーをそのまま星に流し込んでも、ＭＡエネルギーの代用にはならない。
それどころか、反発して崩壊が早まるかもしれんな。
だが、そんなこと連中にはわからない。

ならば崩壊のその時まで騙《だま》して、女神のエネルギーも掠《かす》め取ってやろう。

女神のエネルギーか。

研究のし甲斐《がい》があるな。

ＭＡエネルギーでは結局永遠の命にたどり着くことはできなかったが、女神のエネルギーであればあるいは……。

だが、女神のエネルギーを掠め取ったらさすがにこの星にはもういられんな。

星の崩壊もこの調子ならすぐ起きるだろう。

できれば私が生存できる近場の星が見つかるまで、この星にいたかったのだが、やむなしだな。

宇宙の船旅の間に見つけるしかないか。

できれば、移住先で私のことを知る龍と鉢合わせないことを祈る。

まったく、龍どもも最後に余計なことをしてくれたものだ。

連中が持って行ってしまったＭＡエネルギーは、私が使いたかったというのに。

まあ、持って行かれてしまったものはしょうがない。

諦《あきら》めるとしよう。

7　決戦　八百万の蜘蛛《くも》目

空に浮かぶ無数のウニ。

その中心にあるでっかい三角錐《さんかくすい》。

なんか、無性に宇宙でやれって言いたくなる光景だわ。

ないわー。

ごめんよ、この世界に生きる諸君。

君らは頑張ってた。

そりゃ、あんなもん浮かばせて喜んでる変態がいたんじゃ、貯《た》まるエネルギーも貯まらんわ。

ウニ一体だけでもどんだけエネルギー横領してんねんって思ったけど、こんないっぱいいたら世界の一個や二個とっくに救われてるわ。

むしろよくこんだけ好き勝手搾取されて存続できたな、この世界。

そんだけこの世界の住人が頑張ってた証拠やね。

イヤー、頑張った頑張った！

……まあ、だからといって私のすることに変わりはないんだけどね。

けどそれはこの戦いが終わってからのことだ。

まずは宙に浮いてるあのウニの群れと三角錐をどうにかしないといけない。

あらかじめ鬼くんに撤退指示を出しておいてよかった。

あのクイーンですら私の助太刀《すけだち》がなければどうにもできなかったウニが、数えるのも億劫《おっくう》なくらい浮いてるんだから、逃げるが勝ちってやつよ。

あのウニ、広域殲滅《せんめつ》が得意っぽいしね。

そんなのがこんだけうようよ浮いてたら、そこら一帯焦土になるわ。

抵抗軍とか魔族軍がいても、ただの的にしかならないわ。

鬼くんや吸血っ子でもこのウニの群れの相手はちょっと務まらない。

戦略的撤退ってやつですよ。

メラはその点優秀。

うまいことエルフたちからの攻撃をやり過ごし、軍を後退させていた。

あらかじめ不測の事態が起こったらムリしないようには言ってあったんだけど、それにしても鮮やかな撤退戦。

敵に背中を見せる撤退はなかなか難しいけど、それを難なくやってのけている。

なんだかんだ言ってうちらの中で一番将として優れているのはメラなんじゃないかな。

対して鬼くんや吸血っ子のところはというと、鬼くんと吸血っ子が殿《しんがり》でエルフたちをなぎ倒してから撤退してる。

……それ撤退っていうの？

撤退の定義が問われる。

他は、……なんか人形蜘蛛たちが見覚えのある爺《じい》と共闘してロボと戦ってる。

なにしてんの？

イヤ、ホントなんで？

何がどうなってそんな状況になったのか、コレガワカラナイ。

……まあいいや。

人形蜘蛛とついでに爺も回収しておこう。

人形蜘蛛たちが乗ってる戦闘用分体を通して転移を発動させる。

それで人形蜘蛛と爺を安全なところに避難させた。

うん。これで憂いはなくなったな。

さて、ではウニの群れと、ボスっぽい三角錐だ。

ロボ、つよロボ、そっからきてウニ、そして三角錐。

戦力の逐次投入は愚策だけど、ウニを出すのが遅かった理由はわかる。

その無数にある砲身からの絨毯《じゅうたん》爆撃がウニの真骨頂。

そうなると、地上にいるロボやつよロボを巻き込みかねない。

だからおいそれと出すことができなかったんだろう。

エルフどもの見解ではロボだけで十分だと思ったのかもしれないけどね。

そのロボだけじゃ抑えきれないってんでつよロボ出して、そのつよロボもメテオ弾でダメにされて。

……やっぱ考えなしの戦力の逐次投入だったのかも。

まあ、どっちにしろロボやつよロボとウニは共闘できるデザインしてないからしょうがないのかもしれないけど。

しかし、しかしだ！

今度こそ、今度こそは！　これがエルフたちの最終兵器だと思われる！

これ以上のものはさすがに出てこない、はずだ！

ていうかいい加減にネタ切れになれ！

もう私はツッコミ疲れた！

つよロボがいっぱい出てきた時点で割とお腹いっぱいだったのに、それよりもさらに強いウニが出てきて、そのウニすらいっぱい出てくるとかふざけてんのか⁉　あぁ⁉

しかもその中心にはこれ見よがしにボスっぽい三角錐がいるしさぁ！

その三角錐が切り札だろ！

そうだよな⁉　そうだって言えよ！

その三角錐すらまたいっぱい出てきたらさすがに温厚な私でもキレるぞ！

ふーっ！　ふーっ！

あー、文句いっぱい言ってちょっと落ち着いた。

イヤ、もう、ね……。

ホント、ないわー……。

ポティマス、あんたすごいよ……。

ここまでくるとさすがに認めないわけにはいかない。

マジですごいわ。

そりゃ、なんだかんだ自信満々だったのも頷《うなず》けるよ。

こんだけの戦力用意してたら、そりゃ、負けるはずがないって思うわな……。

実際これ、私じゃなかったらどうしようもないぞ……。


まあ、私にはどうにかできちゃうんだけどさ。


さて、それじゃあ本気出しますか。

あーあ。

できれば手の内を全部さらすのは避けたかったんだけど、そうも言ってらんないしなー。

ポティマス。

あんたは誇っていい。

この私に、曲がりなりにも神であるこの私に、本気を出させたんだから。

もっと楽に勝てると踏んでたこの私に。

私がそうして本気を出す決意をしてる中、先に動いたのは三角錐のほうだった。

三角錐の角が発光し始める。

〇動砲っすか?

〇動砲っすね!

私の予想通り、一瞬の後に光が極太のレーザーとなって私に向かって発射された。

はいはい、異空間にボッシュート。

かーらーのー、そのままお返し!

向かってきた極太レーザーが、私の前に出現した異空間へのゲートに吸い込まれる。

そして、その隣に出現したゲートの出口から、三角錐に向かってレーザーが飛び出してくる。

空間使いだったら誰《だれ》でも考えるよね！

遠距離攻撃をそのまま空間を繋《つな》げて相手にお返しするやつ！

自分で撃ったレーザーが三角錐を襲う。

が、やっぱりというべきか、三角錐には結界が張ってあったらしく、まばゆい光を発しながらレーザーが弾かれた。

たぶん、抗魔術結界と反射を合わせた結界かな？

レーザーが結界に弾かれて四方八方に枝分かれして飛び散る。

飛び散ったレーザーがあらぬほうに拡散し、それらの着弾点が、消滅した。

……威力高すぎー。

なんやのんあれ？

着弾点の地面が消失してるんですけど？

なんかクレーターっていうか、穴になってんですけどー。

物理的にこの星ぶっ壊す気ですか？
○動砲かと思ったら、○ススターのスーパーレーザーだった件。
あれ一発撃つのにどんだけのエネルギーを浪費してんだか。

まともに防御しようとか考えなくてよかった。

あんなん防御できる訳ねーっしょ。

ふっ、しかしながら遠距離攻撃は私には通用せん！

全《すべ》て跳ね返してしんぜよう！

まあ、第二射を撃たれる前に沈めるけどな。

一度だけチラッとハイリンスのことを盗み見る。

ハイリンスは鬼くんに連行されていっている。

私の視線に気づいたのか、振り返ったけど、すぐにまた前を向いて避難を再開した。

とりあえず、この戦いに介入する気はないっぽい。

それはいいんだけど、私の手の内を見せることになるのは遺憾やね。

けど、さすがにこれを本気出さずに乗り切れるかって言われると、厳しいがな。

イヤ、時間かければできなくもないけど、そんな悠長に事を構えてたらここら一帯焦土通り越して消滅してしまうわ。

ふう。

では、参る。

と言いつつ、私自身は異空間にさよなら。

ふふん。

いくら破壊力の高いビーム撃とうとも、空間を超えてこなければ私には届かん！

空間使いの何が卑怯《ひきょう》かって？

空間能力を持たない相手には一方的にやりたい放題できるってことよ。

まあ、だからこそ神にとって空間能力は必須《ひっす》なんだけどね。

その中でも私は空間能力に特化してるっぽいけど。

では、地獄の釜《かま》の蓋《ふた》を開こうか。

三角錐《さんかくすい》とウニが浮かぶ空中。

そのさらに上空に、空間の亀裂が入る。

その亀裂は蜘蛛《くも》の巣《す》のような模様をとって広がっていき、エルフの里がある森の上空を覆いつくす。

そして、亀裂から地上を覗《のぞ》く無数の目。

八百万の目が地上を見下ろす。

我が分体たちの暴食の邪眼。

ウゾウゾとひしめく分体たちが一斉に発動した暴食の邪眼は、三角錐やウニたちのエネルギーを食い散らかす。

三角錐もウニも対空砲火を放つも、蜘蛛の巣状の空間に阻まれ、分体たちには一切その攻撃が届くことはない。

そりゃ、空間遮断されてんだもん。

届くわけがない。

そうこうするうちにエネルギーを食いつくされたウニたちが地上に落下していく。

これが私の本気。

空間能力をフルに生かし、無数の分体を異空間「マイホーム」に引きこもらせたうえで、暴食の邪眼で一方的にエネルギーを搾取する。

神だろうがエネルギーが尽きればただの生物。

通常の生物ではありえないエネルギーの量こそが神を神たらしめているのだから、それを奪ってしまえば神は神と言えない。

なりたての半端な神である私が、ギュリギュリに対抗するために編み出した戦法。

ていうか、これしかなかったんだよねー。

だって、真正面からやりあったら確実に負けるし。

だから、もともとあった手札を徹底的に伸ばしていくしかなかった。

ぶっちゃけ、私はこれしかできない。

神としては失格とも言えるほどできることが少ない。

それでも、格上の神であるギュリギュリを倒すために磨き続けてきたこの新マイホーム戦法。

エルフの兵器ごときに破れるはずがない。

マイホームにいる分体、その数、百万。

そして八つの目から放たれる暴食の邪眼、計八百万。

戦闘用分体をフル稼働させられる限界の数は一万だけど、暴食の邪眼を発動させるだけならこれだけのことができる。

やってることは超シンプルだけど、だからこそ防ぐことも難しい。

とは言え、シンプルだからこそ、私には思いつかない防ぐ方法もあるかもしれない……。

だから、なるべくならこの手札をさらすのは避けたかったんだけど……。

もう一度ハイリンスのことを確認する。

うわー。めっちゃ見てるよ。

やめてくれ、見ないでくれ。

私はこれしかできんのだから、これの対策をされたら詰むんだって。

だからやりたくなかったんだよ。

頼むから対策すんなよー？

そんなことを私が祈ってる間に、ウニが全て地上へと落下し、最後の三角錐も力なく落下していった。

エルフの最終兵器が、呆気《あっけ》なく沈んでいく。

クイーンがウニに手も足も出ていなかったことから考えて、それよりも上だと思われる三角錐の力はきっと、魔王でもどうにもできないレベルだったんだろう。

実際、暴食の邪眼で吸い尽くしたエネルギーの量を考えると、とんでもない力を持っていたというのは逆算できる。

それでも、沈む時は呆気ない。

ポティマスが自信満々でエルフの戦力を整えていたのと同様に、こっちだって何が来ようと粉砕できるだけの力を蓄えていたのだ。

だから、この勝利は当たり前のこと。

……とか考えつつ、内心ちょっとドキドキしてる私です。

だってー！

もうないだろ、もうないだろ、って思い続けてどんどんお替わりが来てたんだよ⁉

今度は三角錐の群れがふわーっと浮かび上がってきてもおかしくないじゃん！
イヤ、おかしいんだけどね⁉
でも、警戒しちゃう私の心情もわかってほしい！
これ以上の追加はこないように！
その祈りを裏切るように、地面が割れ、そこから巨大な何かが浮かび上がってくる。
……。
………。
…………。

いい加減にしろーっ！！！！

もうキレた！
もうキレたぞ！
この温厚な私をキレさせるとはいい度胸だオウオウ⁉
覚悟はできてんだろうなオイオイ⁉
最初っから許す気もないけどもう許さんからなオラオラ！
って、あの出てきたＵＦＯっぽいの、逃げようとしてないか？
させるかオラー⁉

王7　仇討《かたき》つ王

「アリエル！　あれは、あれはなんだ⁉」

切羽詰まったポティマスの声が響く。

同時に、それまで苛烈《かれつ》に攻めてきていたオメガの動きが止まる。

「あれって言われても、どれのことかな？　具体的な表現がないと私には理解できないなー」

バカにするようにわざとらしく肩をすくめて、やれやれと頭を振る。

普段であればそんな私の態度も軽く受け流しただろうけど、どうやらよっぽど切羽詰まっていたのか、スピーカー越しでもギリッという歯噛《はが》みする音が聞こえてきた。

「あの白とかいうやつのことだ！　あれはなんだ⁉」

ですよねー。

うん、知ってた。

あれじゃわかんないとか言いつつ、知ってましたとも。

あのポティマスがこんだけ慌てふためく事態を引き起こすなんて、白ちゃん以外考えられないし。

しかし、ポティマスの慌てぶりが半端ない。

ここまで感情をあらわにして叫ぶポティマスの声を聞くのは、いつぞや白ちゃんにケツ掘られて以来じゃないか？

ポティマスは普段他人のことを見下して、感情らしい感情を見せない。

下に見てる相手に何をされようが、堪えることはないから。

見下しているからこそ、そんな相手に感情を動かされるのを恥だとか思ってそう。

だというのに、今のこの狼狽《うろた》えよう。

ポティマスにとって想定をはるかに超えた事態が発生したってことだな。

うん、白ちゃんならやりかねん。

「なになに？　白ちゃんがなんかやらかした？」

答えてくれるとは思えないけど、気になったので聞いてみた。

「質問しているのはこちらだ！　早くあれが何なのか答えろ！」

もはや悲鳴のように叫ぶ。

うーん。

なんだかなー。

そういう声はできれば私の手で出させたかったんだけどなー。

白ちゃんに先を越されちゃったかー。

「なにが起きたのかは知んないけど、どうやら白ちゃんにしてやられたって感じ？　そりゃご愁傷さま。ざまあみろ」

せせら笑ってやれば、それまで動きを止めていたオメガが急に襲い掛かってきた。

怒りに任せた大ぶりの攻撃を、バックステップで躱《かわ》す。

「怒った？　怒っちゃった？　短気だなー。カルシウムが足りてないんじゃないかね？　これだから引きこもりのもやしっ子はいけない」

挑発すればオメガがバカ正直に向かってくる。

「クソ！　クソ！　クソ！　どこで計算が狂った？　あんなもの、理屈に合わないだろうが！」

独り言の罵倒《ばとう》が虚しく響き渡る。

脆《もろ》い。

わかってはいたことだけど、この男は弱い。

ポティマスが強かったのは、これまで自分よりも弱い存在しか相手にしてこなかったから。

ポティマスが強いんじゃなくて、相手がそれよりも弱かっただけ。

だから強者《つわもの》でいられた。

だから余裕を見せつけることができた。

だけど、私は知っている。

この男は、本当は誰《だれ》よりも弱いのだと。

誰よりも弱かったがゆえに、誰よりも力を求めた。

そのなれの果てが今のポティマス。

強いと、強くなったと勘違いした、変わらず弱い男。

白ちゃんという自分よりも強い存在を相手にして、メッキが剥《は》がれて元の弱さが見えた。

「弱いなあ」

「なんだと？」

ポツリと呟《つぶや》いた声を耳ざとく聞きつけたポティマスが、低い声で聞き返してきた。

「ポティマス、あんた弱いね」

別に聞かせるつもりのなかった呟きだけど、こうして聞き返されたのならはっきりと言っておこう。

「システムの仮初の力で満足している貴様に言われたくはないな」

そういう意味での強い弱いじゃないんだけどなあ。

言ってもこの男にはわかんないだろうけど。

「そうだ、システムだ。何が神へと至るだ。神になどなれなかったではないか！　だが、あれはだとしたらなぜ？　ああクソ！　畜生！」

もはや何を言っているのかもわからない、支離滅裂な罵倒を繰り返すポティマス。

そんな主人の影響を受けたのか、オメガの動きも滅茶苦茶だ。

ドリルが私の顔面に迫る。

それを、歯で受け止める。

ギャリギャリとイヤな音が響くけど、気にせず顎《あご》に力を込めてドリルを食いちぎった。

「待て。待て待て待て！　そうだ、なぜだ？　なぜ貴様はまだ生きている？」

お？

ようやく気づいた？

「なぜ傷が治っている？　抗魔術結界の中で、なぜグローリアΩと対等に戦えている？　どういうことだ⁉」

気づくの遅いって。

私はオメガにドリルで体をボロボロにされた。

腹を抉《えぐ》られ、胸を貫かれ、腕を吹き飛ばされ、足を千切られ。

けど、そんな傷はもう治っている。

「まさか、まさか貴様もか⁉　貴様も神になったとでもいうのか⁉」

ポティマスが絶叫する。

今までさんざん見下してきた私が、自身が求めている神への階段を先に上った。

それはポティマスにとって最大の屈辱だろうね。

「違うよ」

けど、残念ながら違う。

私は神にはなっていない。

神にはなれない。

そんなに簡単に神になれるのなら、ポティマスだってとっくの昔に神になれているはず。

「私は神になったわけじゃない。けど、一時的にせよ、神とやりあうくらいの力を出すことはできる。あんたもその方法は知ってるでしょ？」

オメガが後ろに下がる。

その様はポティマスがたじろいだように見えた。

「まさか」

「そのまさかだよ」

「正気か？」

酷《ひど》い言われようだ。

まあ、ポティマスからしたら正気の沙汰《さた》じゃないんだろうけどね。

だからあんたは弱いんだっていうんだ。

私も大概弱いけど、目的のために命を賭《か》けるくらいの勇気は持ってるつもり。

「謙譲」

私が新たに獲得した、七美徳スキル。

その効果によって、私は一時的に神に匹敵する能力を得ている。

白ちゃんの魂の欠片《かけら》、元体担当と私の魂が融合した時、私の魂はその分容積が増えた。

既に中身がパンパンに詰まって、破裂寸前のひび割れた容器のようになっていた私の魂。

そのひび割れを補修するかのように、白ちゃんの魂が染み込んだ。

そのおかげで、私はもうそれ以上取れなくなっていた新たなスキルを取ることができた。

念話とか、それまで一人だったから取る必要がなかったスキルを取り、最後に取れたのが、この謙譲のスキル。

白ちゃん以外には秘密にしていたこのスキルが、私の切り札。

その切り札を切るのに躊躇《ためら》いはない。

たとえ、それでこの魂、燃え尽きようとも。

『謙譲：神へと至らんとするｎ％の力。自身の魂を消費し、神にも匹敵する力を一時的に得ることができる。また、Ｗのシステムを凌駕《りょうが》し、ＭＡ領域への干渉権を得る』

砕けたドリルを再生させようとするオメガの頭部を掴《つか》み、そのまま齧《かじ》り付く。

金属の苦い味が口内に広がる。

それも一瞬のことで、口の中で噛《か》み千切ったものが分解され、純粋なエネルギーに変換される。

私の暴食のスキルの効果は口の中限定でしっかりと働いている。

一度口に入れる必要があるけど、口の中にさえ入れてしまえばどんなものでもエネルギーに分解し、吸収することができる。

一口で奪えるエネルギーは微々たるものだけど、延々殴り続けるよりかは効率がいいはず。

このオメガのおおよその設計理念は既にわかっている。

根底にあるのは、対神、つまり対ギュリエを想定した決戦兵器だ。

とにかくエネルギーをふんだんに注ぎ込んだ、持久戦タイプ。

エネルギーの量に物を言わせて、やられてもやられても瞬時に再生するタフさを備えさせる。

余計な機能を廃し、それのみに特化した性能。

攻撃手段がドリルなのは、ポティマスの趣味？

……イヤ、一応物理的な破壊力で言えば確かにドリルは効率がいいか。

これに加えて抗魔術結界と、毒ガスによって相手を消耗させる。

神っていうのはひたすらエネルギーの多い生物のことだ。

そのエネルギーこそが神を神たらしめているのだから、エネルギーが尽きるまで戦い続けられる兵器をぶつければいい。

なるほどなるほど。

迂遠《うえん》ではあるけど、使える手札で神を倒そうと思ったらなかなかどうして、理にかなっている。

現に私は謙譲を発動してなお、苦戦を強いられている。

はたしてホントにギュリエに通用するのかどうかはわかんないけど、ポティマスが考えて考え抜いてこの布陣を完成させたってことだけはわかる。

それだけに、相手が私だからこそ、敗北することになる。

オメガの胴体に貫手を差し込む。

そして、オメガの体内で魔法を発動。

抗魔術結界も万能ではない。

結界内の生物の体内、特に、魔術の発動を妨害してはいけない味方の体内には、その効力が届かない。

そりゃ、オメガが再生するのだって魔術なんだから、それを妨害しちゃったらただの金属の塊になっちゃうし。

だから、魔法を発動することはできる。

オメガの体内でなら。

発動したのは、外道魔法レベル10の魔法。

その名は破魂。

外道魔法は相手の魂に直接影響を与える魔法。

そして、破魂は相手の魂を破壊する魔法。

それを、オメガに叩《たた》き込《こ》む。

オメガがそれを嫌がるかのように暴れだし、私の横っ面をぶん殴ってきた。

頬骨が砕けるイヤな音とともに、吹っ飛ばされてオメガから引き離される。

すぐに体勢を立て直し、オメガからの追撃を警戒する。

けど、追撃はこず、逆にオメガは警戒するように油断なく構えていた。

効果あり、か。

まあ、わかってたことだけどさ。

エネルギーとは魂に宿る。

魂という器がなければ、エネルギーはすぐに漏れていってしまう。

その魂の器が極端に大きいのが神。

神を殺すには、魂という器を壊すか、その中に入ったエネルギーを全《すべ》て消費させるかしなければならない。

ポティマスが選んだのはエネルギーを消費させる方法。

選んだ、というか、それしか方法がなかったということだけど。

私がやったように、破魂で魂を壊すこともできる。

けど、それはシステムの力を借りていればこそ。

破魂はシステムの補助がなければ使えない。

白ちゃんですら、未だに破魂は再現できていないのだから。

ポティマスも破魂をシステムの補助なしに再現できていない。

だから、ポティマスは別の方法をとるしかなかった。

ポティマスも破魂が使えないわけじゃないはず。

それこそエルフたちに外道魔法を覚えさせればいいだけなんだから。

けど、それをポティマスが選択することはない。

だって、ポティマスはエルフのことすら信用していないから。

ポティマスにとってエルフは便利な道具。

道具は安全に使えなければいけない。

だから、少しでも害になりそうなことは覚えさせない。

外道魔法はポティマスにとっても諸刃の剣だから。

私の外道魔法がオメガに効いたのがそのいい証拠。

ポティマスの切り札であるこのオメガに対して、外道魔法は有効だし、ポティマス自身にもきっと有効。

ギュリエを相手として想定する場合、一人二人が外道魔法を覚えても焼け石に水。

それこそ何百人という人数に覚えさせなければ有効打にはきっとならない。

そんな人数に外道魔法を覚えさせて、もし自分に反旗を翻されたら。

そういう不安があるのなら、その手段をとることはできない。

王者は孤独、なんてよく言うけど、ポティマスのそれはちょっと違うよね。

望んで一人でいる。

閉じた狭い箱庭で満足している。

その箱庭の中でなら一番になれるから。

その箱庭の中でなら何をしても許されるから。

ホント、小さい男だ。

そんでもって、下種だ。

「ポティマス。このオメガとかいうの作るのに、何人の魂を使ったの？」

ぶつぶつとスピーカー越しに呻《うめ》いていたポティマスに、まともな返答なんか期待していない。

けど、声に出して聞かずにはいられなかった。

エネルギーは魂に宿る。

エネルギーを持つということは、このオメガにも魂があるということ。

そして、魂には貯められるエネルギーの限界値がある。

私やポティマスが超えられなかった、限界値が。

このオメガにはそれこそギュリエを相手に想定するだけのエネルギーが与えられている。

そんなエネルギー、一人分の魂で保有できるはずがない。

それができるのなら、ポティマスもとっくに神になっている。

だから、このオメガには数人分、イヤ、数十人分、下手《へた》をしたら数百人分の魂がつぎ込まれている。

こんな金属の体に作り替えられた、人々の魂が。

同情はする。

けど、容赦はしない。

破魂でその魂を砕くということは、輪廻《りんね》の輪に戻ることなく無に還《かえ》るということ。

文字通りの、外道な魔法。

それでも、それを行使することに躊躇いは持たない。

私にだってそこまで余裕があるわけじゃないんだから。

暴食と破魂、そして時間制限付きの謙譲。

これで押し切る。

「ごめんね」

哀れな兵器となり果てた魂たちに一言だけ謝り、私は一歩踏みこんだ。


そこからの攻防でいったいどれくらいの時間が経《た》ったのか。

私の感覚では相当長い時間戦い続けていた気がする。

けど、それも体感時間を長くさせていた私の主観にしかすぎず、実際には案外短い時間だったのかもしれない。

もう何度目になるかもわからない攻撃を繰り出す。

私の貫手がオメガの胸に突き刺さり、発動した外道魔法がその機体に宿った魂を破壊した。

オメガは一度だけ痙攣《けいれん》するかのようにその体を震わせ、動きを完全に止めた。

手を引き抜いても、穿《うが》たれた穴は再生することなく、支えを失った体は呆気《あっけ》なく地面に倒れる。

存外軽いカシャンという音が、魂という重みを失った抜け殻の奏でる音のように思えた。

終わった。

イヤ、まだだ。

このオメガはポティマスの切り札ではあっても、ポティマス自身ではない。

ポティマス本人に引導を渡すまでは、終わりじゃない。

とはいえ、きっついわー。

私の見た目は傷一つない綺麗《きれい》なままだけど、中身はもうボロボロ。

謙譲の効果で魂を削ってしまったせいで。

オメガから奪ったエネルギーを多少緩衝材にできたけど、それもないよりかはマシって程度。

今、謙譲の効果を解いたら、どうなることやら。

蠟燭の火は燃え尽きる直前が最も輝くってね。

頼むから、ポティマスを始末するまで持ってくれよ。

——終わったなら外に出て——

頭に直接響くような声。

白ちゃんからのメッセージかな?

抗魔術結界がいまだ発動してるっていうのに、さらっとこういうことしないでほしい。

自信なくすわー。

ともあれ、白ちゃんがわざわざ呼ぶってことは、外に行ったほうがいいってことだよね。

入ってきた時に閉まった扉を、力で強引にこじ開ける。

さすが、神を閉じ込めておこうとしただけあって、開けるのに一苦労した。

ひーひー言いながら扉を開け、これまたひーひー言いながら長い坂を上り、外に出る。

そこで目にしたものは、なんていうか想像のはるか上のものだった。

あっちこっちで燃え盛る森。

火の手が上がっている場所には、なんだかよくわからない丸い巨大な物体が転がっている。

そんな地獄のような光景の中で、ひときわ目立つ巨大なシルエット。

空を覆い隠すかのような、巨大な円形の物体が飛翔《ひしょう》していた。

いつだったかの、あの荒野で奇跡的に私やポティマス、教皇が共闘して沈めた古代兵器を彷彿《ほうふつ》とさせるものだ。

あれも同じポティマスが設計したものなのだから、見た目が似通うのも仕方ないのかもしれない。

それを一言で表現するなら、UFO。

宇宙人が乗ってるとか実《まこと》しやかに噂《うわさ》されてるあれだ。

けど、あながちこの表現も外れじゃない。

宙に浮かぶ円形のそれは、正しく宇宙船だろうから。

ポティマスがこの星の現状を知らないはずがない。

そんな砂上の楼閣のようなこの星にポティマスがこだわる理由は、システムがあるから。

さっきまでシステムのことをずいぶんと悪し様に罵《ののし》っていたけど、それは期待を裏切られたからこそ。

ポティマスはシステムに期待していた。

自身を神にしてくれるのではないかと。

けど、ポティマスは神になれなかった。

それでも、一縷《いちる》の望みをかけて、ポティマスはこの星に居座った。

もしかしたらいつか神になれるかもしれないと願って。

だけど、ポティマス本人だってそれが淡い期待だっていうことは自覚してたはず。

だから、用意してて当然なのだ。

この星から脱出する方法を。

ポティマスはこの星からいつでも出ることができる。

だからこそ、星が滅ぶようなことでも平然とできる。

その星の脱出手段が、今空中に浮かんでるあれだというわけだ。

尤《もっと》も、その脱出のための手段は、白い糸で雁字搦《がんじがら》めに捕らわれちゃってるけど。

その様はさながら蜘蛛《くも》の巣《す》に引っかかり、捕食されるのを待つばかりとなった羽虫。

うむ。

実際その通り過ぎて笑えてくる。

白ちゃん、あんたスゲーわ。

私がオメガと戯《たわむ》れてる間に、何してくれちゃってるのさ。

グッジョブ過ぎて言葉もないわ。

あの中にポティマスがいるのは間違いない。

戦況の悪化を見て、もはや挽回《ばんかい》はかなわないってんで、オメガを放棄してサッサと逃げ出してたんだな。

あのオメガも、手間暇かけて作ったとはいえ、所詮《しょせん》ポティマスから見れば道具の一つに過ぎない。

自身の命と天秤にかけて、どっちをとるかなんてポティマスにとっては悩む必要すらない選択ってわけだ。

宇宙船を縛り上げている糸のうちの一本が、私のすぐそばの地面に引っ付いている。

糸の太さは人一人が乗って歩いても問題ないくらい。

軽く周りを見回してみても、白ちゃんの姿はなし。

ただ、こうもあからさまに伝って行けと言わんばかりに糸があるってことは、まあそういうことなんでしょ。

糸の上に乗り、そこを足場にして上っていく。

なんかさっきから上ってばっかだな。

宇宙船からの迎撃が何かしらあるかと警戒したけど、それもなくすぐに宇宙船にたどり着いた。

もうすでに白ちゃんによって無力化されてるってことかな。

さっと宇宙船の上に乗り、ハッチのようなものを探す。

ほどなくして見つけたそれをやっぱり力ずくで引っぺがし、中に入った。

船内は驚くほど暗い。

照明がない。

まあ、暗視のスキルがある私にはそんなこと関係ないけど。

歩く。

巨大なだけあって、通路もバカみたいに長い。

歩く。

ガラス越しに工場のような施設や、農園のような施設などがあった。

この宇宙船の中だけで、人の営みが完結できるように設計されているんだろう。

ことによっては数百年単位で宇宙をさまようことだってあり得るんだから。

システムに期待してただけじゃなく、先の見えない不安というのもポティマスがこの星を離れなかった理由の一つかもしれない。

この星にはギュリエという神しかいないけど、他の星はもっとたくさんの神々がいるかもしれない。

そう考えれば、迂闊《うかつ》なことはできないし。

歩く。

防衛用っぽいロボがワラワラと出てきたけど、さっきまで地下で戦っていたあれとは比べ物にならないほど弱い。

蹴散《けち》らす。

他のロボを相手にしてみると、さっきまで地下で戦っていたオメガ、あれが特別製だっていうのがよくわかる。

歩く。

奇声を発しながら、ポティマスの分体が襲い掛かってきた。

端整な顔立ちが、焦燥と恐怖で歪《ゆが》んで酷《ひど》いことになっている。

これまでポティマスは分体が殺されようが、すました顔をこんな風に歪ませることはなかった。

分体はいくらでも使い捨てて構わないけど、本体は殺されるとそれだけ困るってわけだ。

当たり前だけど。

サクッと襲い掛かってきた分体を片付ける。

今さら機械によって強化されていようとも、分体ごときで対処できる段階はとっくに越えてる。

「つまり、詰んでるんだよ」

歩いて歩いて、たどり着いたその先に、それはあった。

透明な筒の中に入った、エルフの老人の体。

その体には無数の管が接続されている。

筒の中は特殊な素材か何かで凝固しているのか、老人はピクリとも動かない。

「やめろ！　やめろやめろやめろ！　終わりたくない！　終わっていいはずがない！　私は永遠に生き続けなければならないんだ！　頼む！　やめてくれ！」

まあ、動かない代わりにスピーカーからは絶叫が迸《ほとばし》ってるんだけど。

スピーカーからは絶えずやめてくれという懇願と、意味のない叫び声の入り混じったものが垂れ流されている。

呼吸をしてないんだから、ずっと叫び続けることもできる。

ポティマスにとって肉体は生きるための入れ物でしかなく、生きてさえいればそれでいいもの。

動きたい時は分体を使えばそれでいい。

この筒の中で身じろぎ一つせずただ生きているだけの肉体、これこそがポティマスの本体。

こういう風になってるんじゃないかって想像はできてたけど、実際にこの目で見てみると哀れな姿だ。

エルフの寿命は長い。

けど、永遠ではない。

ポティマスの生きてきた年数は、エルフの寿命を大きく超えている。

だからこのように、かなり無理やり延命してるんじゃないかって予想はあった。

生きることに固執し、ただそれのみを追い求めた男の、これが末路。

「死にたくない！　死にたくない！　嫌だぁ！　死にたくないいいいぃいいい！」

「残念ながら、ポティマス、あんたには死よりももっと酷い目にあってもらうよ」

喚《わめ》き続けるポティマスに同情はしない。

かといって、ざまあみろという感じにもならない。

もっと何かこみ上げてくるものがあるかと思ったけど、自分でもビックリするぐらい何も感じない。

「深淵魔法《しんえん》」

私の呟《つぶや》きを聞いたポティマスが、さらに狂乱した叫び声をあげる。

深淵魔法は特殊な魔法。

魂を破壊する外道魔法に対し、深淵魔法は魂を分解し、システムに還元する。

ただ殺すだけじゃ、いけない。

この男は、その魂でもって、この世界に対して償わせる。

深淵魔法の準備にかかる。

外道魔法と違って、深淵魔法には高度な魔法構築が必要になる。

きっと、D様はわざとそうしてるんだと思う。

神に対抗するために設定されたのが外道魔法。

この世界の者同士で裁きを下すために作られたのが深淵魔法。

生まれ変わらせるという選択肢を奪い、システムに還元させるという裁きを下す。

それは、生まれ変わらせるよりもこの世界にプラスになると判断されたということ。

発動までに時間がかかり、実戦向きではないのがその証拠なんじゃないかと、私は密《ひそ》かに思ってる。

こんだけ長生きした男のことだ。

ため込まれたエネルギーの量は多いだろうし、きっとその魂全部を還元すれば多少は足しになるはず。

少なくともこいつは不死のスキルは絶対持ってるはず。

永遠の命を願うこいつが、それを持ってないはずがない。

不死のスキルは取得のためにおっそろしいほどのスキルポイントが必要なんだから、その分のエネルギーはある。

そのエネルギーも有効活用してあげなきゃもったいないってもんだよ。

それだけでこの男が犯してきた罪が贖《あがな》えるなんて思わないけど。

「クソ！　クソ！　クソ！　お前の、お前の不老の秘密さえ解き明かせていれば！　お前が！　お前があぁぁぁ！」

ポティマスが怨嗟《えんさ》のこもった絶叫を放つ。

私は、どういうわけか不老だった。

ポティマスの実験が成功していたのか、システムの影響なのか、それはわからない。

けど、ポティマスが求める永遠の命、その第一の目標である不老を、私は成し遂げていた。

だからかもしれない。

この男はやたら私のことを邪険にしてきた。

嫉妬《しっと》、だったのだろう。

ただ、肉体がいくら不老だろうと、あまり意味はない。

なぜならば、私には肉体ではなく、魂の寿命が迫っているのだから。

そしてそれは私だけの話ではない。

……おそらく、ポティマスも私と同じように、魂の限界を感じていたんだと思う。

肉体は無理やり延命させることに成功していたようだけど、魂の寿命はごまかしきれない。

私がそうだったように、肥大化しすぎたスキルとステータスの重みに、もともとの魂が耐え切れなくなってきていたんだろう。

もしかしたら肉体的にも限界が近づいていたのかもしれないけど、どっちにしろポティマスは死期が近づいてきていることを察していた。

だから焦っていた。

ここ最近、やたら活動が活発だったのはそういう理由だったんだろう。

転生者たちの確保に乗り出したことも、己の寿命を延ばすヒントを得るため。

あわよくば転生者のユニークスキルの中に、願いをかなえてくれるものがあるんじゃないかって期待してたのかもね。

残念ながらそんな都合のいいものはなかったようだけど。

それでも諦《あきら》められなくて、足掻《あが》いて、その末路がこれだ。

死から逃げて逃げて逃げて……。

「……」

ふと、聞いてみたいことがあって口を開きかける。

けど、スピーカーから絶えず意味のない喚き声を上げ続けている今のポティマスに聞いても、きっと求める答えは返ってこない。

そもそも、聞いたところで意味のない質問だっただろう。

『死なないために生きてきたあんたの人生に、何か意味があったのか？』

なんて、ね……。

「じゃあね、お父さん」

もはや意味のある言葉を発さず、ただただ絶叫を上げるポティマスの本体に向かって深淵魔法を発動させた。

そして、静寂だけが残った。

Potimas Harrifenas
ポティマス

本名ポティマス・ハァイフェナス。死にたくない。ただそれだけの妄執に取り憑かれ、永遠の命を追い求める男。その目的達成のためならば手段を選ばない非道さを持つ。命に執着しつつも、他者の命は簡単に使い捨てる外道。彼の人体実験の被害者は数多い。その研究の成果としてMAエネルギーの発見と、それによる人間の進化論を発表。MAエネルギーを人間の手で収集させ、自身の研究環境を整えた。それが世界の破滅をもたらすと知りつつも。

その研究の末、自身はさらに寿命を延ばす方向に発展させた進化種、エルフに進化している。

黒7　一人語り　そしてまた歴史が動く

システムの構築はこの世界において大きな歴史の転換点となった。

……システムが構築される際、私はDから台本を受け取ってそれを朗読する羽目になったのだが、世界中の人々にそれは聞かれていてな。

あれは私が考えて言ったわけではなく、Dに言わされたのだと釈明しておく。

ゴホン！　その件についてはは深くは言わないでおこう。

システムが構築されたことでこの世界は大きく変わった。

サリエルと龍、そして人間。

微妙なバランスで成り立っていたこの世界が、Dの介入により一気に様変わりしたのだ。

Dのおもちゃ、と言えば聞こえは悪いが、Dのものになったことは確かだ。

それによって他の神々はこの世界に手出しできなくなった。

Dの縄張りにちょっかいを出す奇矯な神などいない。

おもちゃになる代わりに庇護《ひご》下に置かれたわけだ。

あの一連の騒動で、人々はMAエネルギーを使い込み、星を崩壊へと導いた。

龍はこの世界に大きな爪痕《つめあと》を残してから去り、サリエルはその身を犠牲にして世界を救おうとした。

結局、ポティマスが用意したという世界を救うための装置とやらは、実際にはそんな効力など無かったようだがな。

ん？　何？

……サリエルはそれを見抜けなかったのか、だと？

……サリエルは、分類としては戦闘特化でな。

ありていに言えば、脳筋なのだ……。

ポティマスの作った装置に込められた魔術の詳細など、サリエルにはわからなかったんだろう。

ともあれ、サリエルがその装置を使った瞬間、Dが介入してサリエルをシステムの核として拉致《らち》していなければ、サリエルは無駄死にしていたということだ。

そしてポティマスだけが一人得をしていた、と。

……実に許せん所業だ。

サリエルがどんな気持ちでその身を捧《ささ》げようとし、孤児院の子供らがどんな気持ちでサリエルを見送ったのか。

ついでに言えば、ダスティンの覚悟もな。

ポティマスの所業はそれらを嘲笑《あざわら》う最低の行いだ。

許し難い。実に許し難い！

……だが、私はポティマスへの手出しが禁止されてしまっているのだ。

「私たち管理者がするのは、監視と調整です。実に神らしいではありませんか。だから、特定の誰かを殺そうとしたりしてはいけませんよ。サリエルもそれは望んでいないでしょう？」

Dにそのように言われてしまってな……。

Dにとって、ポティマスは生きていてくれたほうが面白い人材だったのだろう。

Dにとってこの世界は、どこまで行ってもおもちゃなのだ。

そこで私がポティマスの抹殺を強行したら、サリエルやシステムがどうなっていたかわからない。

結局、私は何もできなかった。

もっとも、ポティマスに釘《くぎ》を刺すくらいはさせてもらったがな。

目に余るようなことをすれば殺す。

この星から出ようとすれば殺す。

とな。

この脅しはことのほか効いてくれたよ。

おかげで奴《やつ》はエルフの里の結界内に引きこもり、大掛かりなことができなくなったのだからな。

私もDに言われたがゆえにポティマス本人をどうこうすることはできないが、それは奴の知るところではない。

それに、本人はどうにかできずとも、目に余る機械兵器の運用には鉄槌《てっつい》を下すこともできる。

諸悪の根源を排除できない苛立《いらだ》ちはあるが、その活動を妨げることはできる。

ポティマスもその気になればこの世界を崩壊させうる存在だ。

その抑止力として、私も多少は役に立っただろう。

……そう思っておかないとやってられん。

管理者という立場はストレスがたまるのだよ。

だから時折、気分転換を行っている。

分体を用意して人族の生活に紛れるというやつだ。

今はハイリンスとして生活している、あれだ。

実際に人族として生活してみると、はたから見ているだけではわからなかったこともあって新鮮だった。

管理者としてではなく、ただの人族として思うが儘に生きるというのは、なかなかに解放感がある。

それに、そうして人族と接していれば、私も彼らを許そうという気になれた。

彼らも精いっぱい生きていることがわかったからな。

ある時は農家、ある時は冒険者、ある時は商人。

いろいろな人間になってみたが、どの人生でもなかなかにいい巡りあいがあった。

もちろん時にはあくどい人間との出会いもあったが、だいたいどの人生でも一人は心から信頼できる人間と友誼《ゆうぎ》を結ぶことができた。

ハイリンスとしてならば、ユリウスとの出会いがそれだろうな。

ヤーナやジスカン、ホーキン。

彼らとの出会いも得難いものだったが、それはユリウスがいたからこそだ。

ハイリンスの幼馴染《おさななじみ》であるユリウスが勇者になったのは、本当に偶然だ。

私も普段であれば勇者などという、この世界でも影響力の大きい人間に近づくことはしないのだが、ついつい引き寄せられてお節介を焼いてしまった。

放っておけなかったのだよ。

そういう人を引き付けるところが、ユリウスとしての最大の強みだったのだろうな。

……本当に、いいやつだったよ。

だからこそ、あいつには幸せになってほしかったんだが……。

人間の幸せを願えるようになるなど、昔の私には信じられなかっただろうな。

だが、怒りを持続させるのが難しくなるほどの時間が経《た》った。

そろそろ私も、この世界も、人間たちを許していい時期だろう。

アリエルもなんだかんだ口では言いつつ、内心ではもうそこまで人間たちのことを恨んではいないはずだ。

……というのは、私の願望かもしれんがな。

だが、アリエルもずっとこの世界を静観していたのだ。

ポティマスほどではないが、アリエルにも人間たちを蹂躙《じゅうりん》するくらいの力はあった。

それをしていないことが、答えだと私は思う。

あれは元来あの破天荒な連中が多かった孤児院の出身の中で、一番大人しく常識的だった。

いくら力を持とうとも、大それたことなどできない、心優しい少女なのだ。

そんな少女に魔王という大役を押し付けてしまった……。

あの子にも、心穏やかなまま暮らしていってほしかったのだがな……。

ままならんものだ。

サリエル、ユリウス、アリエル。

私が幸せを願うものたちはことごとく貧乏くじを引いている。

……だが、それもそろそろ終わりが見えてきたようだ。

私が長い年月手をこまねいて見ていることしかできなかったのに対して、あれはたった数年でこの世界に劇的な変化をもたらしている。

この流れはもはや止まることはない。

その終着がどのような形になるのか、それはわからん。

全部が全部救われるような、そんな夢のような大団円など望まない。

望めない。

すでにその条件を満たすためには、多くのものが失われすぎた。

だが、願わくば、少しでも救われるものが多くなるよう……。

私は祈ろう。

そして、祈りだけで足りないのであれば、その時は……。

私も腹をくくる時が来たのだ。

ずっと動けずじまいだったこんな私にも、動かねばならぬ時がくるのかもしれない。

今まで動かなかったくせに、この期に及んでそんな資格があるのか？

その思いがないとは言い切れないが、この期だからこそそういったことは忘れよう。

アリエルたちが貧乏くじを引き続けたのだ。

私だけ、そのくじを引かぬわけにはいくまい。

その結果、私がどうなろうとも、な。

8　終戦　王に寄り添う者

システムを監視していた分体が、勤勉の枠が空いたことを察知した。

支配者権限の空白を埋めるようにすぐさま手配し、システムの稼働に影響が出ないように調整。

さらに、空いたその支配者権限の枠に私の存在を無理矢理ねじ込む。

これで、必要な枠はあと一つ。

勤勉の枠が空いたということは、それすなわちポティマスが死んだということ。

死んだ、というか消滅した、か。

死にたくないと生き続けたポティマスが、ただ死ぬよりも悲惨な末路をたどったのは何の因果なんだか。

因果がありすぎて逆に困るくらいだわ。

けど、それだけのことをしでかし続けた男も、最期は割と呆気《あっけ》なかったなぁ。

今までポティマスがしてきたことを思えば、魔王はもっと苦しめてから深淵《しんえん》魔法ぶっ放してもよかったと思う。

まあ、一刻も早く消し去ってしまいたいって気持ちだったのかもしれない。

なんとなく、そうじゃないんだろうってことはわかるけど、これぱっかりは魔王本人にしかその気持ちはわからない。

あまりにも、因縁が深すぎるからね。

私でもその気持ちは推し量れないよ。

糸で雁字搦《がんじがら》めにしていたＵＦＯの中に踏み込む。

ウニの大群と三角錐《さんかくすい》を撃墜したら出てきたこのＵＦＯ。

あのタイミングで出てきたということは、こいつこそがポティマスの最後の砦《とりで》なんじゃないかと思って撃墜せずに捕獲したけど、その予想は当たってたっぽい。

これで実はまだ隠し玉があるとか言われたらビックリだわ。

もしそうだったらポティマスの評価をさらに一段上げないと。

まあ、ポティマス本人が死んだってことは、ホントに最後だったんだろうけど。

無駄に長い道をたどって着いた先で、魔王が椅子に座って目の前のコンソールのようなものを操作していた。

「終わったよ」

「そう」

魔王はこちらに振り向くことなく、端的に言った。

長い因縁に終止符を打って、いろいろな感情が渦巻いているのかもしれない。

淡々とした口調からして、むしろそういう感情が溢《あふ》れすぎてて逆に自分でも自分の感情が理解できない状態になってそう。

あんまりにも感情があふれかえると、逆に無感動な気持ちになるみたいな。

「これ見て」

魔王がモニターを指さす。

そこに映る文字を追ってみれば、ろくでもないことが書いてあった。

転生者の魂を利用した神化実験、ねえ。

長ったらしい理論やら何やらを端折《はしょ》って言えば、それは転生者の魂を対象にぶっこんで神にしよう、という試み。

ポティマスはシステムの力だけではもう神になれないと見切りをつけていた。

いくら経験値という名の魂を集めても、限界を突破することはできない。

だったら、新たな種類の経験値、すなわちこの世界とは別の世界の人間の魂、転生者の魂を使えば、あるいは限界を突破できるのではないかと。

下らねー。

イヤ、まあ、なんだ。

こう言っちゃなんだけど、これ成功するビジョンが見えないって。

この世界の魂収集しても限界突破できない。

なら別の世界の魂使えばいいじゃない！

……って、それで神になれるんだったら苦労はないっちゅーの。

ポロッと神になった私が言えた義理じゃないけどさあ。

こんな理由で転生者って集められてたんかー。

転生者たちのために奔走していた先生が浮かばれん。

「まあ、ポティマスも本気でこれで神になれるなんて思ってなかったんじゃない？　もしかしたらっていう淡い希望みたいな」

「でも、その割にはすんごい慎重に理論を検証して、装置作ってるみたいなんですけどー？」

「ポティマスゆえ致し方なし」

モニターに映し出されている文章には、開発中の機材や、実験を成功させるための検証結果なんかが事細かに記されている。

転生者になるべくスキルを取らせないような生活を強いていたのも、システムによって魂がこの世界になじんで変質しないようにするため、らしい。

なんて言うか、成功する確率が天文学的な低さの実験のために、涙ぐましいまでの細かい努力の跡が見受けられる。

そこまでして神になりたかったか。

なりたかったんだろうなー。

「慎重に慎重を期して、実行に移してなかったのが幸いしたねー。あと一年遅かったら機材も完成して転生者たちはミキサーにかけられてたかも」

恐ろしいことを言わないでほしい。

けど、魔王の言う通りだわ。

今回はポティマスが慎重であってくれて助かった。

なにせポティマスには女神サリエルをミキサーにかけて分解しようとした前科があるからなー。

まあ、もし転生者に手を出そうという動きがあれば、計画を早めて私が直接殴り込んできてただろうけど。

「これ以外にも、ここにはポティマスのこれまでの研究結果の資料がわんさか」

「わお」

つい声に出してしまった。

ポティマスの研究資料。

ろくでもないのがいっぱいありそう。

「というわけで、ざっと中身確認したら壊しちゃうね」

「それがいいいんじゃない」

こんなもん、残しておいても害にしかならない。

むしろ魔王が確認する必要すらないんじゃないかと思う。

「こっちはこんな感じだけど、そっちの首尾は？」

「誰《だれ》にものを聞いているのかね？」

バッチリに決まってるじゃないか。

ウニや三角錐の残骸《ざんがい》はすでに回収済み。

火がこれ以上森に広がらないように鎮火もした。

そんでもって、地下に隠されていた秘密基地も跡形もなく消し飛ばしておいた。

そして、

「エルフの生き残りは先生だけ」

全《すべ》てのエルフの抹殺完了。

このＵＦＯを糸で拘束したあと、私は残っていたエルフたちを分体を使って殲滅《せんめつ》した。

ハーフエルフだとか、クォーターだとかは残ってるけど、純粋なエルフはもうこの世界にいない。

「そっか。じゃあ、あとはこの宇宙船を壊せばホントにお終いか」

「感慨深い？」

「そうだね」

そう言う魔王の横顔は、いつになく穏やかだった。

「あ、そうだ。約束、守ったよ」

約束？

ああ。死んだら許さないってやつね。

「無事に目標達成しました、ボス」

魔王が椅子をくるりと回し、おどけた様子で敬礼してみせる。

無事に、ねえ。

「それが無事と言えるの？」

「死ななきゃ安い」

魔王は笑って答えた。

椅子から立つことさえできない、瀕死《ひんし》の状態のくせに。

魔王の体に傷はない。

けど、体ではなく、魂に深い傷ができてしまっている。

あれだけ強大だった魔王の気配が、今は酷《ひど》く弱々しい。

「どんな感じ？」

「んー。たぶん、少し休めば日常生活に支障がないくらいには動けるようになると思う。今まともに動けないのは魔力が枯渇しちゃってるから。それさえ回復すれば、とりあえず動けはする」

「つまり、戦闘は不可能、と」

「さらに寿命を縮めていいならできなくはないけどね」

「魔王」

「冗談だって。どっちにしろ私の寿命はもう長くない。もって一年ってところかな。残りは見届けるための余生に使うとするよ」

もともと、魔王の寿命はもうあまり残っていなかった。

それでも、まだまだあったはず。

それも、今回の戦いで縮めて、残り一年。

「私の役目はここまで。ホントならもっと頑張りたかったけど、後は白ちゃんに任せる」

「任された」

「じゃあ、始めるんだね？」

魔王の問いかけに、私は頷《うなず》く。

世界の敵であるポティマスは始末した。

ここから先は、世界を救うための物語。

けど、私は世界を救っても、人類を救うとは言っていない。

だから、私は人類の敵としての活動を開始する。

さあ、人類を滅ぼして、世界と女神を救おうか。

それが、女神の意にそわないことだとしても。

あとがき

あけおめ！　馬場《ばば》翁《おきな》です！

去年が大変だったので、今年はいい年になりますようにと願っております。

アニメもついに始まったことですしね！

はい！　ついにアニメが放映開始しましたので、ぜひ見てくださいな！

この本が発売されるころには一話の感想が出てるかなーと思うと、ドキドキしてしまいます。

はっ⁉　これが恋⁉　（違います）

恋ではありませんが、アニメで視聴者の皆様にドキドキワクワクを届けられればなと思います。

さて、今回は尺（ページ数）の余裕がないので巻きでお礼をさせていただきます！

イラストの輝竜《きりゅう》司《つかさ》先生。

漫画版のかかし朝浩《あさひろ》先生。

スピンオフコミックのグラタン鳥《どり》先生。

アニメ制作に携わっていただいてる皆様。

担当W女史はじめ、この本を世に出すためにご協力いただいた全《すべ》ての方々。

この本を手に取ってくださった全ての方々。

そして！　アニメを視聴してくださっている全ての方々。

本当にありがとうございます。

カドカワBOOKS

蜘蛛《くも》ですが、なにか？ 14

2021年１月10日　初版発行
2021年11月５日　５版発行

著者／馬場《ばば》　翁《おきな》

発行者／青柳昌行

発行／株式会社KADOKAWA

〒102-8177
東京都千代田区富士見2-13-3
電話／0570-002-301（ナビダイヤル）

編集／カドカワBOOKS編集部

印刷所／暁印刷

製本所／本間製本

Printed in Japan
ISBN 978-4-04-073926-7 C0093